三國笑史

賣鞋郎劉備出運了！ 1

林明鋒★編繪

五南圖書出版公司 印行

作者簡介

林明鋒

專職漫畫家，擅長歷史人物繪圖，百分百的「三國控」，對三國歷史和人物性格相當著迷，多次繪著成書籍出版，腦海裡裝的是三國，心裡想的是三國，筆下化成文字是三國，揮灑成圖像的也是三國！三國裡的人物可以是英雄式的演出，可以是耍智謀的出招，也可以笑中帶淚的飆戲……這就是他眼中的三國魅力！

代表作品：《蜀雲藏龍記》、《雲州大儒俠》、《洪蝠齊天》、《笑三國》

得獎紀錄：

一九九二年東立出版社漫畫新人獎、一九九五年（84年度）國立編譯館優良漫畫獎：甲類佳作（蜀雲藏龍記的第三部）、二〇〇一年（90年度）國立編譯館優良漫畫獎：甲類佳作（雲州大儒俠史豔文），作品收藏在雲林偶戲博物館。

推荐序

那些狠角色們……

《三國演義》的作者羅貫中在這部大書的開場中，說出了一句透視中國歷史的話：「天下大勢，合久必分，分久必合。」此言之所以顛撲不破，其間最主要的原因在於中國社會對「人才」的渴求。每到政治瀕臨崩解的危急存亡之秋，總有非常之人挺身而出，以捨我其誰的精神撥亂反治。所謂「江山代有才人出」，短短一段不滿百年的三國時期，秀異人才輩出！諸葛亮、龐統在未出仕之前，已經名動天下！而曹操也對劉備直言：「天下英雄，唯使君與操耳。」

在三國分疆的時代，得人者昌。而這些一時之選的人傑，總是在不斷地對立衝突的軍事與外交情勢之下，彼此激發出了充滿智慧的韜略，諸葛亮曾讚賞曹操善用奇兵突襲，他打仗是以智取，諸葛亮本人則更是當世奇才！孔明之用兵，止如山，進退如風。這些互相敵對的人才，也都是可敬的對手！同時也在千百年以下讀者的心目中，留下了許許多多深刻雋永、幽默風趣的精彩片段。

《三國笑史》系列就是在這樣的基礎上，進一步揉合了經典文學與爆笑漫畫，那些充滿知性又兼具趣味的對白，再加上KUSO的繽紛插圖，使得沙場上馳騁驍勇的戰將們，個個轉身成為口語化的性格主角，將讀者帶進了輕鬆易懂的故事情境。從白馬將軍公孫瓚、聯軍盟主袁紹、一代影后貂蟬、賣鞋郎劉備……等等輪番上陣的三國名人背後，透視古人的文武裝扮、生活用品、科學技術，甚至於戀愛美學。我們在漫畫家林明鋒的筆下，穿越時空，一睹當時最夯的武器、最酷的盔甲、最賣的暢銷書、最拉風的跑車……。原來閱讀古典文學是這麼令人興奮的一件事！

理解三國時期各種人物的性格與命運時，同時也是一場非常有趣的心智冒險經歷！熱愛三國故事的人們絕不會忘了那些悲劇性的時刻：董卓殺少帝、屠百姓、盜墓燒城，喪心病狂！他死後屍體被用來燃燈照明，其棺木又遭雷電劈打！而袁紹在當上盟主之後，自大疑心、輕信讒言，與自家人爭奪不休，最後竟落得吐血身亡！老來出運的賣鞋郎劉備，為了替關羽和張飛報仇，竟一時之間感情用事，傾全國之兵討伐東吳，不僅血海深仇未報，反而被陸遜一把順風火，燒得全軍大敗！這都是我們現代人可引為警惕的事。

然而當我們想要融入這些具體情境的時候，地理方位和空間概念的建構，又成為我們最初的課題。這個部分《三國笑史》以生動有趣的漫畫，連環組成了一系列簡潔清晰的漫畫式地圖，讓我們毫無障礙地穿越時空回到古戰場，具體感受這些叱吒風雲的狠角色們，如何在幽州、冀州、并州、青州、徐州……之間，笑傲沙場，轉戰千里。

走過一段風雲變幻的歷史歲月，遙想當年那些蓋世英雄，每一個人都有屬於他自己的豪情壯舉，關公斬華雄、顏良，誅文醜，過五關斬六將，單刀赴會，水淹七軍……，卻也躲不過天生性格的弱點，麥城一敗，喪失了性命和自尊，歸根結柢還在於過度的自信與自矜。而周瑜的抗壓性弱，張飛的猛暴與固執，呂布善變，袁紹多疑，曹操輕敵……，閱讀這些精彩故事的時候，腦海中自然浮現出一幕幕生動的畫面和深刻的意象，那將使我們在經典中逐漸的潛移默化，知所警惕。於是我們將逐漸開啓智慧、激發腦力和創意，以吸取古人生命的熱力來點亮自己未來無限的光輝。

佛光大學中文系副教授　朱嘉雯

二〇一四年十二月十四日

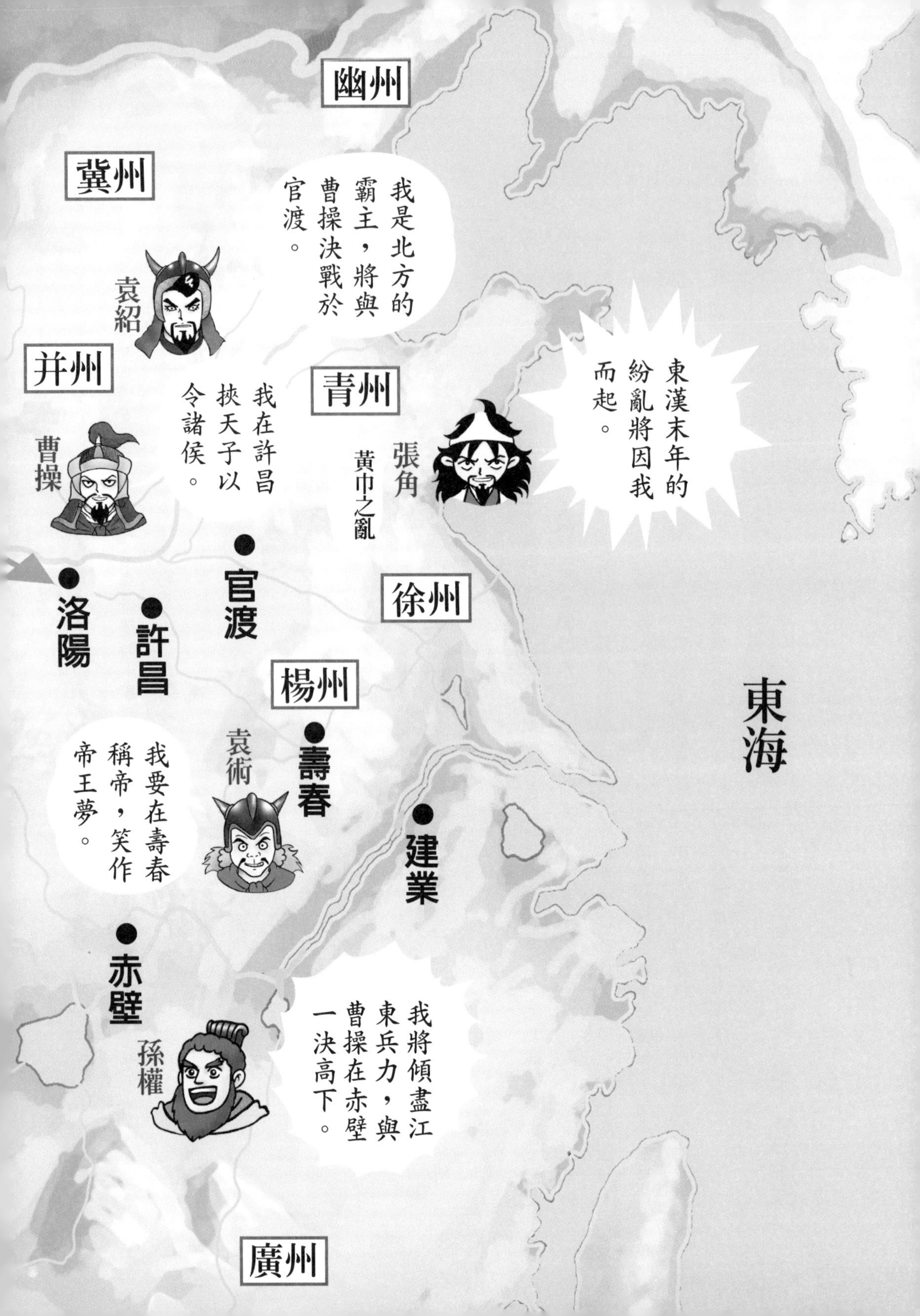
幽州
冀州
我是北方的霸主，將與曹操決戰於官渡。
袁紹
并州
青州
東漢末年的紛亂將因我而起。
張角
黃巾之亂
我在許昌挾天子以令諸侯。
曹操
官渡
洛陽
許昌
徐州
楊州
東海
袁術
壽春
我要在壽春稱帝，笑作帝王夢。
建業
赤壁
我將傾盡江東兵力，與曹操在赤壁一決高下。
孫權
廣州

東漢末年大亂鬥地圖
涼州
董卓
我從西涼領兵前進京城洛陽，威震天下。
匈奴
羌
秦州
大哥眞有本事！
我們從荊州一路打拚，未來將占領四川的益州作爲三分天下的地盤。
關羽
張飛
劉備
長安
雍州
梁州
漢中
白帝城
成都
益州
荊州
寧州

三國人物點名

張角

到深山採藥草巧遇南華仙人，傳授他法術，後成爲黃巾賊首領。

何進

大將軍，皇后的哥哥，與袁紹等人策畫除掉宦官，最後反被殺死。

劉備

蜀漢的開國皇帝，長相奇特，手長過膝、耳大招風，與關羽、張飛結拜爲兄弟，一起從軍。

張飛

眼如銅鈴般大、滿臉鬍子的屠夫，是討伐黃巾賊的義軍之一，對劉備忠心耿耿。

關羽

三國時代名將。集忠義和勇武的形象於一身，世人尊稱爲關公、關老爺、關聖帝君。

袁紹

出身望族，爲討伐董卓的關東聯軍盟主。

董卓

爲人凶殘，自封相國，把持朝政。後來被義子呂布刺殺身亡。

曹操

擅耍奸詐手段。早年暗殺董卓，因失敗逃回家鄉，招兵買馬後，與袁紹等人組成關東聯軍。

目錄

宦官樂團

三國笑史

1 落榜生張角逆轉勝

榜文
太好了！我終於上榜了。
哈哈哈，我也考上了！
東漢年間，鉅鹿人張角參加多次考試都落榜。
幹(消音)，我又落榜了。
絕望
這世界不公平，為什麼我這種人才卻被埋沒？
我發誓要改變這個世界！
南華仙人
因為不景氣找不到好工作，想跟我學變魔術？
是！聽說變魔術很好賺。
不得志的張角上山習法術。

粉墨登場　鉅鹿小子張角

張角是東漢年間河北省鉅鹿縣的秀才，據說沒有賄賂監考官，所以年年落榜，灰心的他爲了糊口，只好到山上採藥草販賣維生。張角在深山巧遇會法術的仙人，傳授他仙術。就這樣，這個距今一九〇〇多年的落榜生掀起了一場驚濤駭浪的人民革命，把東漢靈帝劉宏搞得一個頭兩個大。

當官有啥了不起，大爺我會耍仙術呢！

語文學堂

- 榜文：古代公布金榜題名的榜單，是朝廷發布的正式通告，也說文告。
- 法術：1.法家的學術。2.古代巫師等用畫符咒謊稱有神力的騙人手法。
- 山不轉路轉：比喻處事能夠臨機應變。張角連續落榜後，放棄功名這條窄路，乾脆拜師學法術，誓言要有一番大作爲。這句格言與「山窮水盡疑無路，柳暗花明又一村」意思相同。

三國故事開麥拉

東漢末年有個臭名滿天下的劣等皇帝叫劉宏，他像個敗家的浪蕩子，對批改奏章沒啥興趣，卻成天瘋玩賽犬、飆驢子的競賽；還在後宮打造商店街，教宮女打扮成女店員，自己喬裝成商人在街道廝混。有這款的皇帝，人民生活當然苦不堪言。

落榜小子張角對上位者也很不滿，無奈自己沒有本事，罵歸罵，也毫無辦法。有一天他到山上採藥草，遇到藍眼睛面容像孩童的老人家，自稱南華老仙，送給他一本仙書《太平要術》。從此，張角夜以繼日的苦讀，自創「太平教」，信奉黃帝和老子，還開班授徒，專門教用符水、咒語來治病，想不到「瞎貓碰到死老鼠」，眞治好了些病人，從此名氣響亮了起來。

誤打誤撞的張角從落榜生搖身一變，成了信眾達幾十萬人的教主，躍升成爲「一線狠角色」。

哇，剛才張大仙和我握手，我發啦！
教主見面會

穿越時空

一九〇〇多年前的大考

東漢距今一九〇〇多年，那時候想要當官都要經過考試——察舉和辟召，考生得讀通孔、孟等儒家經典才有機會出人頭地。那時候的考試科目包括「賢良方正」、「孝廉」、「秀才」、「明經」等等。

「賢良方正」這項科目挺特別，被推選的人要提出對皇帝施政的諫言，表現特別優秀的就能到朝廷上班，所以考生的論說文寫作能力就很重要，光會寫些風花雪月的文章是沒啥用的！

所有科目中以「孝廉」比較容易過關，因爲這項科目是每年依照人口比例由官吏推荐優秀人才，經過考核後就能當官，有點類似現在考大學的「繁星計畫」，即使窮鄉僻壤的子弟也有出頭天的機會。

至於其他科目得由皇帝下詔令才舉行，不是每年都可以應考。

咱評論起
政治就像
名嘴耶！

2 南華仙人賣寶典

見證奇蹟的時刻到了！這是史上最強的黑魔術—天地人寶典。
天地人寶典
南華仙人
我只要學會就可以成為偉大的魔術師嗎？
太好了！請大師把法術傳給我。
張角
這可是珍貴的寶物，想得到就要付出代價，你身上有多少錢啊？
小心求職陷阱
呃~忽然感覺怪怪的。
你掛羊頭賣狗肉想騙錢，道具也得做好一點嘛！
晃
晃
晃
真不好意思！

粉墨登場　A咖級的南華老仙

「南華老仙」是羅貫中在《三國演義》裡虛擬的A咖級神仙，是青春永駐的仙人。自古以來，天和地最大，依序是神仙，降落凡塵的是俗人，死後即鬼。當政局混亂、吃不飽穿不暖的年代，人們相信神仙擁有了不起的法力，自然將美好的願景寄託於祂們。現今的線上遊戲，還安排南華神仙使用法術，救活已死的愛徒張角。如果世間眞有這種法力，一定可以救人無數。

語文學堂

- 天地人寶典：天界和世間珍貴的典籍。
- 黑魔術：指具有超自然法力的魔術，相對於使用障眼法的白魔術。日本極受歡迎的漫畫《金田一少年事件簿》中，即有「黑魔術殺人事件」的情節。
- 掛羊頭賣狗肉：比喻騙人的意思。

我不是江南大叔！
我是跳起乩舞能讓人「死而復活」的活神仙。
蓋仙！
起死回生還是得靠醫生！

三國故事開麥拉

漢朝自漢高祖劉邦登基後，因財政空空，所以力行「黃老之術」治國，主張清靜無爲的政策，盡量不打戰，讓百姓過著安定生活，宰相蕭何、曹參、漢惠帝、竇太后、漢文帝、漢景帝等等也奉行「黃老」的道家思想。

爲什麼西漢的天子、后妃、開國大臣那麼崇拜「黃老之術」呢？原來獻計燒棧道，以安撫楚霸王項羽的張良、協助漢高祖自白登山脫困的陳平、建議讓韓信自立爲王的蒯（ㄎㄨㄞˇ）通，這些人都修習黃老之術，所以漢高祖也成了忠實粉絲，自然影響了后妃和大臣。

太好了！吃了這顆仙丹，我就能永遠年輕。
嘿嘿嘿，這些皇帝眞好騙！

「黃老之術」很重視養生，但不是提倡多運動、吃有機食品，而是主張服用丹藥來養生，以求長生不老。皇帝個個不想死，漸漸的風行起煉丹、吃丹，迷信法術，這股風氣傳到民間，成了「全民運動」，百姓也相信法力無邊。

穿越時空

古人也瘋魔術！

你一定不知道！距今一九〇〇多年的漢朝就已經有魔術這項絕活了。當時，流行一種叫「魚龍漫衍」的戲法，也就是魔術，耍雜戲的藝人會特製珍禽異獸的模型當作道具，上場表演時可以變幻出不同的樣貌。

那時候的戲法雖然沒有像美國大衛、臺灣劉謙等的魔術那般花招百樣，又是細身潛逃、穿越玻璃櫥窗取物、乾坤大挪移……，然而以千年前的文明來說，也是很厲害很耍噱頭的呢！

到了南宋，表演戲法的人規定要穿長度超過膝蓋的大褂，算是魔術制服。宋朝的達官貴人每逢婚喪喜慶都流行請藝人來表演戲法，就像現今找人跳鋼管舞、演布袋戲、唱歌仔戲，那時候的道具有花瓶、盛炭的火盆、瓷碗、魚缸……

Oh My God !
這個讚！
變個金髮辣模送老爺一路好走！

三國笑史

3 大賢良師好藝名

張角勤學苦練天地人寶典的法術。
經過三個月之後，進步神速成為超級魔術師。
徒兒，法術學成了還要取個響亮的藝名，你才會紅。
是！我該取什麼藝名才夠響亮呢？
我花三天三夜苦思，終於為你想出這響亮的藝名！
大賢良師
看起來還真不錯，多謝費心了。
很高興你滿意這藝名，命名費三仟元記在你帳上了。
我有種被騙的感覺！
大賢良師

粉墨登場　中國神仙什麼都很行！

講起「南華老仙」雖然是A咖級神仙，卻只在《三國演義》裡驚鴻一瞥的出現，比起中國民間傳說裡廣受歡迎的超大咖「八仙」，有一點點Low。「八仙」包括：呂洞賓、李鐵枴、何仙姑、張果老、曹國舅、韓湘子、藍采和、漢鍾離。每位都身懷法術，「八仙過海——各顯神通」這句歇後語就是比喻各自發揮本領。人們認為「八仙」蒞臨一定會帶來好運，所以「八仙」成了吉祥圖飾。

抗議
我是A咖耶！通告多，曝光度高，誰說比不上八仙？

語文學堂

- 響亮：大的聲響。
- 紅：本來「紅」是名詞，指像鮮血的顏色；當動詞時象徵運途順利或受重視。
- 費心：耗費心思和精力，常用來做請託或致謝他人時的客套話。
- 花了三天三夜：表示費了很多心力，同「挖空心思」、「絞盡腦汁」的意思。

張角自稱「大賢良師」，是「太平教」（或稱太平道）的領導人，也是信徒的精神領袖，比較有學問的說法叫「人上人」。

他是天生的「媒體咖」，覺得張角這個名字一點也不響亮，無法在別人腦海裡留下深刻印象，苦思下想了個連至聖孔子、亞聖孟子都不敢自誇的名號——大賢良師！大賢，自誇是德行出眾的人；良師，自稱是使人獲得教益的一流名師。

不要叫我ㄐㄧㄠˇ，
也不要叫我ㄎㄚ，
叫我大賢良師！
大賢良師
還麻辣鮮師ㄌㄟ！

這個「大賢良師」教得不是儒孟經典，也不是解說歷屆的考古題，而是古怪的符水、符咒、法術，在現在看起來既迷信又不符合藥品使用規定。然而，在東漢末年偏偏就有一群農民粉絲視他爲神仙，打著起義的名號，跟隨他四處劫殺、放火燒官署，套句現代用語叫「武裝暴動」，算是一千九百多年的「暴民」、「恐怖份子」。

穿越時空

古代取名字的趣味禮俗

中國人命名取字是件大事，有很多用字要避諱，除了不能取與阿公、阿媽、父母等長輩相同的字外，天地山川、五臟六腑等器官、不便被知道的隱私或隱疾都不能使用。

古時候不能直呼別人的名，因爲每個人的名是父母取的，大辣辣的叫別人的名，太不尊重別人也太沒禮貌了！而天地山川和身體器官是日常生活中經常被提起的，實在很難避免，所以也不適合拿來命名取字；至於隱私如胎痣，隱疾如狐臭等等，容易觸及別人傷痛也不好。

現代有所謂的「菜市場名」，與一堆人撞名。其實，「菜市場名」也沒啥不好，表示那些用字普遍獲大家認同，通常都好唸易寫較沒有怪怪的諧音。如果眞的不喜歡與別人撞名，去户政市務所改名就成了。

阿伯，你要改什麼名字？
改名
歹勢！ㄡˇ要改叫高富帥！

三國笑史

4 黃巾造型好潮

有好的藝名還要搭配好的造型，才能大紅大紫唷！
是嗎？我該用什麼造型呢？
沒錯！這就是適合你的完美造型。
我預言這個標新立異的造型會成為時尚主流，風靡天下！
你現在是在跟我開玩笑嗎？
我開始對你說的話充滿懷疑。
#&@！我跟你有仇嗎？
哈哈哈，我發現你很適合走諧星路線。

粉墨登場　帶衰的皇帝招來黃巾賊

黃巾賊叛亂，搞得全國烏煙瘴氣，這都得怪罪東漢靈帝劉宏。這個皇帝很帶衰，自登基以來，各地不是鬧水災，就是鬧旱災、蝗蟲吃光農作物、大地震、下冰雹……，沒一件好事。但是劉宏不反省，反而變本加厲，公然賣官位，撈白花花的銀兩。劉宏還寵信隨侍的宦官張讓和趙忠，在宮中搞賄賂，忠臣看不下去，挺身出來嗆聲的沒一個活下來。有這款的皇帝，難怪農民會群起反抗。

想過官癮的人自個兒看價目表，不接受殺價唷！
東漢靈帝
劉宏
買官價目表
司徒　一千萬錢
司空　一千萬錢
太尉　一千萬錢

語文學堂

- 主流：比喻事情發展的主要方面，有受大眾青睞的意味。
- 風靡：形容事物普遍流行，像風吹倒草木一般。靡，音ㄇㄧˇ，順風倒下來。
- 標新立異：提出新穎奇特的主張，與一般不同，有搞怪的意味。漫畫中張角搞笑的作法就可以用這句成語來形容。

三國故事開麥拉

東漢時期政局混亂，很多人沒飯吃，肚子餓得大腸包小腸的農民，只好跟隨大賢良師張角，組成農民起義軍，反抗朝廷，好歹有大鍋飯可以充飢，總比餓死強多了！這支起義軍即歷史上所說的「黃巾賊」。

領軍的張角自稱「黃天」，音同「皇天」，是對天和天神的尊稱。張角帶領的這批農民也不是光進來領便當吃的，他們頗有組織，加上張角腦筋靈活，想出了頭上綁「黃巾」的點子，一來整齊有氣勢，二來也可以區別敵人或我軍。

他們自認是奉天命起義，但在朝廷眼裡是一群沒素質、打家劫舍、放火燒屋的盜賊，皇帝劉宏下令要把那群頭上綁著黃色布條的不良農民，統統抓進大牢。

這場官兵與黃巾賊的對抗打得天昏地暗，如火如荼，卻讓東漢的老百姓更加苦不堪言。

怎麼樣？我這款黃巾造型夠潮吧！
有夠ㄙㄨㄥˊ！

穿越時空

爲什麼綠頭巾不能亂戴？

古代的男女因爲都留長髮，頭巾成了人們固定髮型的實用物品，它的款式、材質、顏色都不同。

但是，幾千年以來中國人對「綠」頭巾特別敏感，五顏六色的都可以接受，就是拒絕戴「綠」頭巾。爲什麼人們對「綠頭巾」這麼忌諱呢？據說元朝時期規定把妻子、女兒賣到娼妓院的男子，要戴青色頭巾，表示身分下賤。古代青色和綠色的染料相近，所以「綠頭巾」、「綠帽子」成了地位卑賤的代名詞。

到了明朝，明太祖朱元璋下令所有表演唱歌、跳舞的女藝人頭上都要綁著青巾。那時候女藝人叫伶人，常與王公貴族廝混，雖然表面上是賣藝，但是常通宵歌舞，夜夜流連在貴族府邸，名聲狼藉。所以依法規定連賣藝的親人也要綁綠頭巾。就這樣，中國人對綠頭巾避而遠之，誰也不想被別人指指點點，成爲茶餘飯後閒聊扯淡的話題。

ㄡˇ這款造型叫
「尚青」，尚青
才敢大聲唱！

三國笑史

5 街上的變態男子

繳不起學費的傢伙，給我趕快滾下山去！
碰！
匡
啷
張角學成下山
我發誓一定要揚名天下！
張角從此開始踏上驚世駭俗的人生旅程！
出現變態狂啦！
有瘋子把黃色內褲套在頭上！
臉紅
這樣果然紅得很快。

粉墨登場　喝迫喝毒酒的何皇后

東漢末年民間有太平教領導人張角發起暴動，朝廷因為漢靈帝駕崩後，也開始一連串奪權的流血事件。當年皇后何氏因長得漂亮深受漢靈帝劉宏寵愛，後來生下兒子劉辯，本來可以立為太子，但漢靈帝想改立王美人生的兒子劉協，妒火中燒的何氏便毒死了王美人。而何氏的哥哥何進聯合袁紹想剷除宦官，引董卓進京協助，結果引發一連串的爭權奪殺……。後來，何氏反被董卓下令喝毒酒而死。

「大老婆的反擊」，一刀斃命！
何皇后

語文學堂

- 學費：古代叫束脩，是學生入學時送給老師的十條乾肉，後指給老師的報酬。
- 揚名：傳播名聲。
- 驚世駭俗：因為言行與尋常不同，而使人們感到震驚。

三國故事開麥拉

西元一七八年，不良皇帝劉宏搞了個「西園官邸」，公開訂價賣官位！誇張的是，竟然高達百分之六十六的官位都是公開買來的，位階愈高、薪俸愈多，售價就愈昂貴。

說起來大家恐怕不相信！頭期款資金不足的還可以分期付款，欠皇帝的錢用不著遠走高飛，隱姓埋名，只要上任後想法子用兩倍的錢償清就行。像縣長這種地方官，則依各縣土地的面積大小和豐饒貧瘠來訂價。

野心大，想當司徒、司空、太尉這種院長級的高官，花一千萬錢就可以過足癮；部長級的要五百萬錢。對了！皇帝劉宏不接受殺價，官位任期也沒有保障條款，反正，歡喜你就來！

想想看，張角寒窗苦讀了十幾年卻年年落榜，沒墨水但銀子多的反而可以買個官來炫耀，難怪他會改變生涯規劃，組成黃巾軍發起大規模暴動。

哇塞！竟然還要拿號碼牌！
首富
256
賣官交易所

漢朝女子的時尚風

中國人說：「一白遮三醜」，自古以來老祖先就崇尚臉白膚白，白，表示美麗，表示高貴！現代人也是如此，爲了讓臉蛋看起來白皙，除了搽粉，還要塗防晒油、敷面膜，更強的還有打「美白針」，也不怕有後遺症！

一千九百多年前的漢朝女子也是「愛白一族」，她們喜歡把臉塗得白白的，像麵粉那麼慘白，穿著黑黑的上衣，長長的留仙裙，梳個高髻插上用金、珠設計的金步搖，這種打扮和妝容稱得上是「時尚流行教主」，獨領風騷。

所謂的「留仙裙」很像現今的百褶裙，她們對上衣怎麼穿也很講究，每層衣服的領子一定要層層疊疊的露出來，超過三層，叫「三重衣」。

對漢朝女子來說，白臉配黑上衣是不敗的經典流行款，閨房裡沒有黑上衣或留仙裙的，就太跟不上潮流，也稱不上是名媛了！

人人稱我是時尚流行教主。
活像鬼出來逛大街！

三國笑史

6 驚爆黃巾之亂

快來加入我的粉絲團！
張角一炮而紅成為偶像人物，吸引許多支持者追隨。

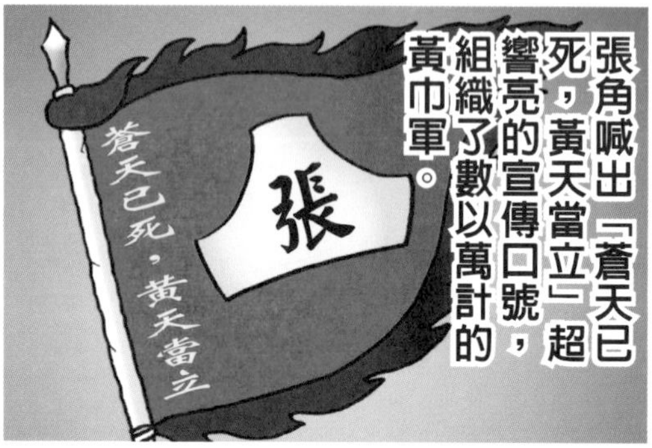
張角喊出「蒼天已死，黃天當立」超響亮的宣傳口號，組織了數以萬計的黃巾軍。
張
蒼天已死，黃天當立

黃巾軍成為一股可怕的力量，嚴重動搖東漢王朝的國本！

黃內褲搶購特賣會
黃巾軍瘋狂搶購黃色內褲，趕緊補貨到全國大賣場！
這場全國性的混亂，史稱「黃巾之亂」。

粉墨登場　皇帝的大舅子何進

何進的來頭不小，是漢靈帝的大舅子，何皇后的哥哥，漢少帝劉辯的舅舅，地位顯赫。黃巾之亂時被封爲大將軍，帶領大批兵力剿賊。東漢外戚干政的情形很嚴重，連當皇帝的人選都掌控在他們手裡。當年何進擁護太子劉辯登帝位，宦宮蹇（ㄐㄧㄢˇ）碩反對，何進火大一刀宰了他。後來，何進因爲想除掉宦官，卻因消息洩漏，反被宦官找來數十名職業殺手，亂刀砍下頭，腦袋被丟出城牆外。

語文學堂

- 一炮而紅：比喻突然大受歡迎。也說一炮打響。
- 蒼天：即上蒼、天。
- 黃天：本有夏天的意思。此爲東漢時期黃巾軍首腦張角的自稱。
- 兵荒馬亂：形容戰爭時社會動蕩不安。

三國故事開麥拉

太平教創辦人張角擁有的信眾高達數十萬人，他決定化教徒爲兵力，將信眾分成三十六方，再將這些軍事單位分成士兵達一萬多人的「大方」、人數約七千人的「小方」。

西元一八四年元月，朝廷獲密報有邪教團體策劃叛變，很快的，就抓到了大方的指揮官馬元義，劉宏下令在首都洛陽處以五馬分屍的酷刑，用來警告不安分的亂賊。

「嘿嘿！亂民也想跟我這個皇帝鬥，有夠蠢！」東漢靈帝不甘被看扁，也硬了起來。

黃巾軍首領張角本來計畫三月五日起兵，如今事跡敗露，只好豁出去了。他自稱「天公將軍」，兩個弟弟分別為「地公將軍」、「人公將軍」，帶領信眾發動武力暴動。這批黃巾軍發狂似的發火燒官署、掠奪劫殺，史稱「黃巾之亂」。

爲天爲地
爲民爲你
爲我……
幹麼教我
背這麼長
的台詞！

爲什麼黃巾賊要在頭上綁塊黃布

古代作戰時爲了分辨我軍或敵軍，常以穿不同的軍服來判別，但有時候敵人會故意穿上對方的軍服，古代叫號衣，製造「自己人打自己人」的假象。

除了軍服，也有人在頭盔上花巧思，比如插根鳥類羽毛、簪子等等，這樣就知道誰是敵人誰是自己人了。如果遇到那種耍「奧步」的對手，故意穿上山寨版的軍服，那麼靠著頭上的裝飾品也可以分辨出來，不會被對手耍得團團轉！

東漢末年發生「黃巾之亂」，那些亂賊直接在頭上綁塊黃布，好判斷是不是屬於黃巾軍三十六方的人。這種辨識方法雖然有一點草根性，感覺上也有一點寒酸，但是省成本又方便取得布料呢！

大師，你的頭巾怎麼戴反了？
這是我的新款造型啦！像不像邁可傑克森？

三國笑史

7 驚濤駭浪的高手

黃巾軍到處作亂，威脅到國家的安定。
知道我的厲害了吧！
各地的梟雄豪傑趁此亂世崛起！
天下越亂越好！哈哈……
這時候……
有個不凡的男人，正準備開始波瀾壯闊的人生！
劉備
大耳仔！別到處亂噴行不行？髒死了！
有沒有公德心啊！
失禮啦！
真是的！

粉墨登場　大耳仔劉備

劉備是三國時期蜀漢的開國皇帝，從小與母親相依爲命，靠著親戚資助，才有能力去上學，成爲大儒者盧植的門生，和高官的女婿公孫瓚是同學。這個人的面相很奇特，有一對異於常人的招風耳，兩眼往側後看，可以看到自己的大耳朵。劉備爲人海派，喜愛結交豪俠義士，不少年輕人都爭相跟隨，希望將來能闖出一番事業。

玩夠了沒有？我轉得有點頭暈了。
好涼快唷！

語文學堂

- 梟雄：指有智謀勇敢的傑出人士。
- 波瀾壯闊：比喻聲勢很浩大。
- 中流砥柱：比喻能夠擔當重任，在團體中起最大作用的人，處在局世混亂的劉備就具有這樣的魅力。

三國故事開麥拉

有一天，劉備見家裡的米快吃光了，趕緊背起織好的草席到城裡叫賣，或許運氣不錯吧，他順利的賣光草席，心情愉快的在街上溜達，看看花色時髦的衣服，瞄瞄長得正的老闆娘……走累了，他找了家小館子吃飯，回頭再買些好吃的回去孝敬娘。

當他準備穿過熱鬧的街道，發現不遠處的廣場擠滿了人潮，便好奇的往前走，想探個究竟。原來廣場邊有一面高牆，張貼了一張大大的黃色榜文，上頭寫著「招募義兵」。劉備讀過書，知道與國家大事有關，便詳細的看完公告，是幽州太守劉焉正招募義兵，勢言討伐黃巾賊。

如果士兵都穿草鞋打仗，我不就發發發了！

受到告示的激勵，劉備很想結束織席賣履的無聊日子，他想保握這個機會去從軍，或許能開創出錦繡前程。從這一天起，大耳仔劉備展開了波瀾壯闊的人生……

穿越時空

漢朝男子去當兵

現代人要當兵，古代人也要當兵，而且服兵役的時間挺長的呢！

漢朝的兵役制度規定滿二十歲的男子須在專門的名冊上登記，開始服「傜役」，是一種沒有酬勞的義務性勞動，到了二十三歲才正式服兵役，爲期二年，其中一年在郡、縣，第二年規定到邊疆或京師防守保衛，像早期到金門、馬祖離島從軍，滿二年後可以回家。如果發生戰爭，隨時會被徵召入伍，一直到五十六歲年老體衰了才能免役。

東漢末年皇帝劉宏搞個「西園官邸」公開賣官，大官小官都可以用買的，所以貪官汙吏也多的可怕；加上朝廷過度仰賴募兵制，無形中給了各州郡官吏趁機培植私人兵力的機會，以致造成貪官誤國、群雄割據，國家陷入混亂的局面。

有夠離譜！我都當曾祖父了還來當兵！

三國笑史

8 皇室血統證明書

劉備是個手工藝達人，以編織草蓆和草鞋維持生計。

他是個感情豐富的人，連看偶像劇都會哭。
好可憐喔！

據說，劉備出身不凡，擁有皇室的血統。
漢

他還申請了一張證明文件來取信眾人。
血統證明書
查 劉備為東漢皇族 中山靖王之後 無誤 特頒此證明
汪！
正

粉墨登場　百分百的皇室子孫

劉備是漢高祖劉邦的嫡系子孫，身上流著百分百的皇家血液。光憑著「皇室血統」四個字，就吸引了很多豪傑前來投靠，願意跟隨他打天下，覺得他才是名正言順的君王。

另外還有個原因，東漢時期人們相信天命，認為觀面相可測知未來作為，跟隨劉備的人都覺得他手長過膝、耳大招風，頗具帝王面相，將來絕對有一番作為。

DNA
除了血統證明，我還可以驗DNA！

語文學堂

- 達人：源自日語，指對某方面特別內行的專家。
- 維持：使繼續存在下去。
- 生計：泛指生活中衣食住行的情況。
- 出身：指個人早期的經歷或家庭經濟所決定的身分。

三國故事開麥拉

劉備自稱是中山靖王劉勝的後代，劉勝是漢景帝所生的十四個兒子之一，他努力增產報國，爲家族添丁，共生了一二〇個兒子，其中有個叫劉貞，被漢武帝封爲陸城侯。

有一年，漢武帝在宗廟舉行祭祀，全國的諸侯都要參加並繳交「酎（ㄓㄡˋ）金」，供祭祀用。那時候漢武帝見各諸侯都擁有兵力，擔心他們會造反，便計畫削弱各封地的諸侯權利。於是他以諸侯呈獻的金子份量不夠、成色不好爲理由，狠狠的海削了一〇六個諸侯的爵位和封地，劉貞也是其中一個倒楣鬼。

我是「正港」的皇室後代，請多支持！
保證皇孫

東漢末年，擁有實力的人都野心勃勃，覬覦王位，而劉備的力量與曹操、袁紹、劉表等人相比很弱，他既沒有「富爸爸」撐腰，又撿不到「傳國玉璽」，強調是皇族後代，可以提升名望和地位，讓人覺得他才是眞正有資格振興漢朝皇室的人選。

穿越時空

皇帝也愛穿草鞋

草鞋也叫作「履」，用草、麻來編製，因爲售價便宜，在古代廣受歡迎，不僅庶民百姓人人腳踩一雙，連佩劍行走四方，打抱不平的俠客也愛穿著草鞋「趴趴走」。戰國時期的墨子崇尚節儉，反對鋪張浪費，老愛穿著短衣草鞋東奔西走，口沫橫飛的宣揚「兼愛非攻」的理論，即使寒酸的草鞋破了，也不在意！他是愛草鞋的名人，也是偉大的思想家。

說起來你可能不相信，民間百姓愛草鞋也就罷了，竟然連九五之尊的皇帝也對草鞋有特殊癖好，這個「怪咖」皇帝就是——漢文帝劉桓！

那時候已經有布鞋了，只有窮人家才穿草鞋，但是漢文帝偏偏愛穿著補丁的龍袍，搭配草鞋上朝，以現代眼光來看，可能會被冠上「丐哥」的封號。

穿草鞋上班，才夠品味！
漢文帝
以上是「草鞋皇帝」獨家報導。

三國笑史

9 桃園三結義NG戲

劉備結識兩個志同道合的好友，三人結拜為異姓兄弟。
桃園三結義
劉備
三人誓言：不能同年同月同日生，但求同年同月同日死。
關羽
張飛
劉關張三兄弟立志要共創一番轟轟烈烈的大事業！
臭小子！
你們又跑來偷拔桃子了！
糟了！被發現了！
臭小子站住，不要逃！
抱歉，下次不敢啦！
汪！

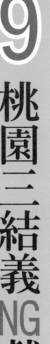

粉墨登場　肉鋪店的老闆張飛

在羅貫中筆下，張飛是個眼如銅鈴般大、滿臉鬍子的屠夫，在市集賣豬肉，力氣大，脾氣急躁，雖然粗枝大葉，卻也懂得謀略。其實，歷史上的張飛完全不是這般老粗德性，他是富二代，讀過書，寫了一手好字，但這樣的形象太平淡了，在《三國演義》裡，張飛成了豪氣的肉鋪店老闆，因結織了劉備和關羽而一起去從軍，他騎著愛馬「玉追」在戰場上衝鋒陷陣，令敵人聞風喪膽。

誠信
俺賣的肉乾、
肉燥保證沒有
用餿水油！
肉乾
肉燥

語文學堂

- 志同道合：彼此志向相同，意見相合。
- 結拜：二個或二個人以上，因為感情好或有共同目標而相約為兄弟姊妹。
- 轟轟烈烈：形容聲勢浩大的樣子。
- 小子：限用於男性，含有輕蔑的意味。

三國故事開麥拉

東漢末年，黃巾賊把國家搞得天翻地覆，劉備在街上看見幽州太守劉焉派人貼出告示，招募征討叛黨的義兵，當他猶豫要不要去從軍時，巧遇粗眉大眼的張飛，兩人初次見面就很投緣，便在附近找了家客棧坐下來。

「喂，你們店裡有什麼好吃的、上等的美酒都送上來！快一點！」張飛一進客棧，就豪邁的點了酒菜。

當兩人聊得起勁、喝得痛快時，進來一位有雙丹鳳眼的壯漢，看起來身手不凡，便邀請對方坐下來聊天吃飯，這個人就是關羽。他聽說這裡在招兵，所以趕來報名從軍。

劉備、張飛聽了大喜，認爲大家有志一同，不如結拜爲兄弟。三人在張飛家後院的桃花園，焚香向天跪拜，約定最年長的劉備當大哥，關羽是二哥，張飛是三弟。這就是千年來令大家津津樂道的「桃園三結義」。

咱們最知己，你是我最好的兄弟！

穿越時空

桃林的由來

很多人都聽過「夸父追日」的故事，這則神話出自《山海經》，講述遠古時代有個巨人叫夸父，有一年太陽烤焦了農作物、晒乾了河水，夸父不忍族人受苦，便下決心去抓太陽。「再這樣下去，大家一定會晒成人乾，我要找太陽理論！」夸父是個行動派者，他決定找太陽後，第二天清晨便起來開始追日。

想不到這個「追日計畫」這麼辛苦！明明在眼前的太陽卻怎麼追也追不到，夸父邁開腳步連續狂追了九天。

太陽散發出強烈熱光，晒得夸父頭都昏了！後來，他渴得受不了，停了下來，一口氣喝光了黃河，還是好渴，又一口氣喝光了渭水，當他還想繼續喝另一個大澤時，卻因爲體力不支死了。

夸父臨死時扔下的手杖，變成了開滿美麗桃花的桃林，後人叫桃林寨，在今河南省。這就是桃林的由來。

我的太陽啊！
老頭，別追了，很煩ㄋㄟ！
夸父

這場追太陽的苦情戲碼，據說創下八點檔高收視率！

三國笑史

10 哭功一流當大哥

桃園三結義三人之中，關羽武藝高強！
張飛力大無窮！
呼！
為什麼當大哥的會是劉備呢？
聽說是因為……
哇啊！我不管啦！
人家一定要當大哥啦！
真是個愛哭鬼。

粉墨登場　忠義和勇猛化身的關羽

關羽字雲長，是三國時代的名將，集忠義和勇武的形象於一身，廣受世人祭拜，尊稱爲關公、關老爺、關聖帝君等等。關公在家鄉河東解（ㄒㄧㄝˋ）縣（今山西省）是運鹽的護衛，因替人抱不平，不小心打死了當地土豪，在外逃難多年。後來他加入劉備組織的義勇軍，一起與地方官討伐黃巾賊。魏蜀吳三國鼎立時，關公騎著赤兔馬大破敵兵，威名震撼全國。

什麼！沒聽過關老爺和赤兔馬，很遜唷！

語文學堂

- 結義：結拜。指好朋友結爲異姓兄弟。
- 武藝：泛指武術上的本領，例如對使用刀、槍、劍、戟等等武器很專精。
- 各有所長：桃園三結義中劉備、關羽、張飛各有所長，劉備喜怒不形於色，個性沉穩；關羽武藝高強，勇猛無敵；張飛力大無比，雖然魯莽卻懂得謀略。

三國故事開麥拉

桃園三結義當天夜晚，張飛邀請了地方上的三百多名英雄好漢來參加，這些人都表示要跟隨他們去打黃巾賊，於是便由劉備帶頭，組成一支義軍。

有兩個馬販子聽說了三人桃園結義的事，便熱心捐贈起義軍大筆的銀兩、馬匹、鐵。劉備很高興，馬上找來鐵匠打造武器，他是一副亮閃閃的雙股劍；關羽人高馬大，武藝高強，鑄造一把達八十二斤重的青龍偃月刀；張飛則是一支丈八點鋼矛，其餘的則打造成各式各樣的武器，供義軍們使用。

消息傳開後，鄉里願意跟隨的英勇青年愈來愈多，共有五百名，他們也看不慣黃巾賊四處劫殺的惡行。劉備領著義軍浩浩蕩蕩的到幽州，展開了連他都意料不到的人生。

我拿蛇矛！
我用青龍偃月刀！
我使雙股劍！

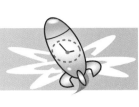

穿越時空

古代十八種最夯的兵器

我們誇人「十八般武藝樣樣精通」，是說對方的武術本領高人一等，十八種兵器都運用自如。到底「十八般武藝」是指哪些兵器呢？我們來開個眼界吧！

古時候有十八種常見的兵器，包括：弓、弩、槍、棍、刀、劍、矛、盾、斧、鉞（ㄩㄝˋ）、戟（ㄐㄧˇ）、殳（ㄕㄨ）、鞭、鐧（ㄐㄧㄢˋ）、錘、叉、鈀（ㄆㄚˊ）、戈。這些都是武將們一定要會的兵器，只是每個人善長的不一樣，像關公的「青龍偃月刀」屬寶刀類，重達近五十公斤，就不是每個武將都拿手的！曹操軍營猛將典韋的「雙戟」也很有威名。

十八般兵器還概分成「短兵器」刀和劍，重量輕，單手握持即可使用；「長兵器」槍、棍、大刀，是武俠小說中常見的兵器。除了這二種，還有形形色色的暗器，例如：狼牙錘、鐵蓮花、龍須鈎等等。

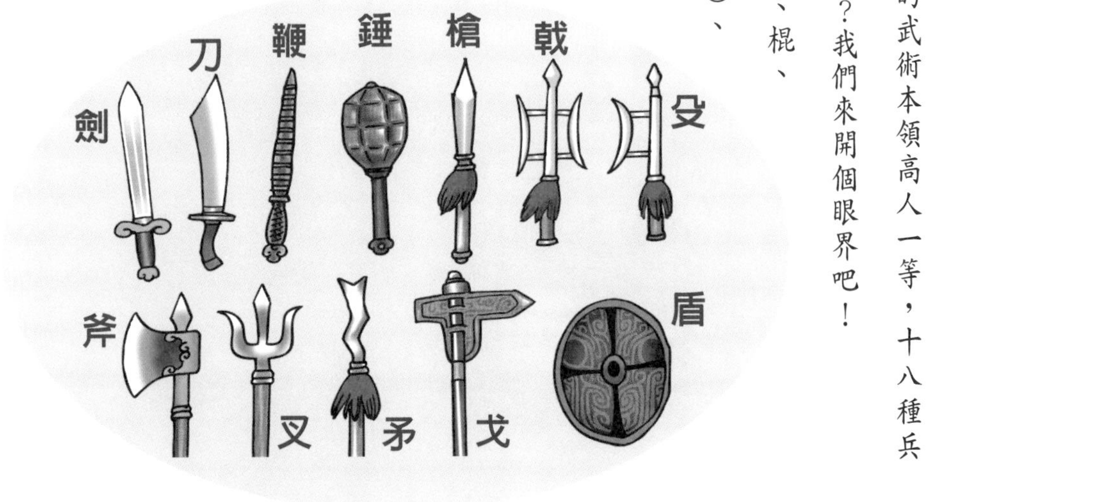

三國笑史

11 定裝宣傳照

黃巾軍在各地作亂聲勢浩大！
東漢朝廷陷入被叛軍推翻的危機之中！
張
劉備三兄弟滿懷愛國熱忱，立志做大事
他們決定號召鄉勇組織義軍，準備與黃巾軍對抗！
定裝宣傳照拍好了！
可惜，現實是殘酷的。
唉～
背景用畫的
只有熱情，沒有錢，很難做什麼大事。

粉墨登場　慧眼識英雄的劉焉

《三國演義》中劉焉是幽州太守，因爲他派劉備、關羽、張飛等人攻打黃巾賊，三人才有機會爲國立功，一步步壯大力量，最後形成魏蜀吳三國鼎立的局面。但是依史實記載，劉焉並沒有當過幽州太守，而是任南陽太守。幽州是漢朝時的一級行政區，最高長官叫刺史或牧，不是太守。幽州刺史叫劉虞，有人猜測羅貫中張冠李戴，把刺史誤寫成太守，把劉虞誤當成劉焉了。

這個羅作家八成累趴了！
劉焉
《三國演義》

語文學堂

- 義軍：仗義而起，以除害爲目的的軍隊。
- 巧婦難爲無米之炊：廚藝巧的媳婦若沒米也做不出飯。比喻執行計畫時若缺少必要條件也無法成功。當年劉備等人從軍，若沒有馬販子大力贊助，縱使有心也無力去執行。

三國故事開麥拉

桃園結義後，劉備帶領了五百名青年義軍奔往幽州從軍，太守劉焉留他們下來接受軍事訓練，好日後對抗黃巾賊。有一天，黃巾賊程遠志帶了五萬人馬廝殺到幽州的涿郡，劉焉接獲消息，便派他們去抵抗。

劉備領命後，一群人急奔涿郡，想不到在途中遇到程遠志。張飛一見對方人馬個個披頭散髮，頭上綁塊黃色布，輕蔑的笑黃巾賊人不像人，鬼不像鬼，壓根不把黃巾賊放在眼裡。說完，張飛把他那根丈八蛇矛刺向賊黨之一的鄧茂，對方被刺中心臟，摔下馬死了；而關羽也揮舞著青龍偃月刀，砍下程遠志的腦袋。

此時，劉備的義軍士氣大振，奮勇衝向賊陣，把黃巾賊殺得片甲不留。想不到劉備等人一出兵就旗開得勝，他的從軍人生有了美好的開始。

記得上我的
粉絲專頁按
讚唷！
劉

穿越時空

漢朝的酷盔甲

「盔甲」是古代打仗穿的服裝，盔保護頭，甲保護身體，有用皮革的也有用金屬製成的，用鐵片連綴成的盔甲也叫「鐵甲」。

漢朝的盔甲是用麻繩或皮條把一片片長方形的鐵甲片編綴起來，看起來很像寫在竹片上的書簡，也叫「玄甲」。

劉備的祖先中山靖王劉勝的墓穴被考古隊挖出重達五公斤的「魚鱗甲」，共由二八五九片鐵甲片編綴而成。那時用來製盔甲的鐵甲片是由整塊鐵鍛煉成的，再經過一次又一次的加熱、緩慢冷卻的退火程序，以增加鐵片的韌性和可塑性，穿在身上可保護身體，但是也很重，大將軍才有資格擁有，一般的小兵位階太低，沒有資格穿。

這種盔甲實在「酷趴」了，如果設計成衣服，穿在身上鐵定成為型男！

12 關公臉紅了

聽說，關羽喜歡在夜晚時讀書。
每當讀到激動處，不由得就會面紅耳赤！
！
好害羞喔！
幸好別人看不出我臉紅。
看不出來才怪！

粉墨登場　紅臉的關公

關公的臉爲什麼是紅色的？傳說關公本來是天上的龍王爺，因不忍河東解州的百姓飽受乾旱之苦，私自布雨下起甘霖，冒犯了玉皇大帝的意旨，所以被貶到人間。祂交代當地的老和尚等雨停後，到湖邊會看到湖面冒出紅色的水，記得把紅色的水裝入桶中密封，一〇八天後才能打開。和尚遵照囑咐去做，一〇八天後打開桶子就跳出個紅臉的小孩，這小孩就是忠義勇猛化身的關公。

感謝龍王爺下甘霖！
你貴姓啊？

語文學堂

• 以下是關於關公的歇後語：

1. 關公賣豆腐——不硬：諷刺人想要逞強卻沒有眞本事。
2. 關公面前耍大刀——自不量力：譏笑人在專家面前賣弄淺薄的知識或雕蟲小技，比喻自不量力。

三國故事開麥拉

有一年關羽攻打曹軍時，右手臂中了毒箭，大家勸他回荊州治療，但關羽掛念著戰役，強忍著痛不肯回去。眾人拗不過他，只好四處打聽名醫。有一天，來了一位自稱華佗的人，表示可以醫好毒痛。這時候，關羽的手臂已經腫脹得很厲害，他刻意找馬良下棋分散注意力，不讓自己露出痛苦神情。

華佗看了關羽的傷勢，發現毒素已經蔓延至骨頭，需要用刀割開皮肉，刮去骨頭上的毒，再仔細的敷藥、縫合，他問關羽能不能捱得住痛？

關羽豪邁得說一點也不怕，還命人準備酒菜，一邊下棋一邊吃喝。伴著刮骨時發出「悉悉」的聲音，流出的血滴滴答答已經注滿了盆子，旁人看得全身起寒毛，關羽卻面不改色。這段「刮骨療毒」的故事千年來一直被人們津津樂道。

別怕，來吧！我會很溫柔的。
哇咧！這麼大一支！
華佗

穿越時空

漢朝賣爆的暢銷書

《神農本草經》是漢朝最暢銷最廣被學醫者所閱讀的中醫寶典，共記錄了三六五種中藥，包括植物、動物、礦物三大類，以植物類二五二種最多。

書中把各種藥物的效能分成上、中、下三品，哪種病症適合吃哪一品，醫生會告訴病患，亂補亂吃小心死翹翹！

這些不同等級的藥品以上品最昂貴，例如人參，適合滋補養生，人們常用來調養虛弱的身子；中品如當歸、麻黃，是滋補養身兼預防，當歸可以加在食物裡，是常見的補藥；下品限於治療，不能亂服用，要由中醫生開藥，如巴豆，常用來消水腫、去痰、治便秘。

漢朝名醫除了華佗，還有淳于意，是史上第一位保存病人就診紀錄的醫師；太醫丞郭玉、伍宏則善長用針灸爲人治病。

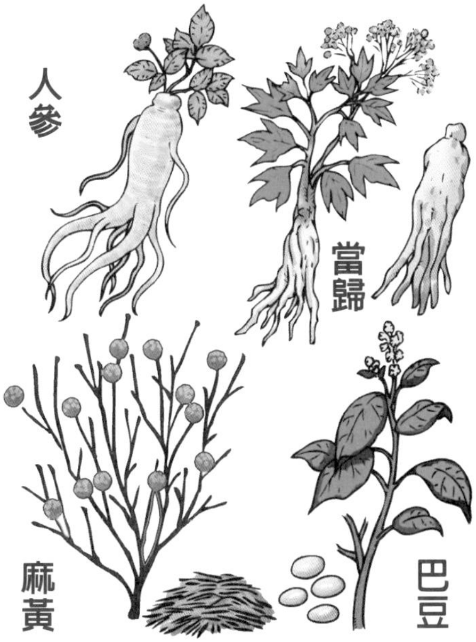

三國笑史

13 打虎的正港男主角

真是好酒啊！
張飛很愛喝酒。
酒
酒
吼！
啊！有老虎！
景陽崗
有一天，張飛喝了三大碗烈酒，路過景陽崗……
張飛仗著酒氣，赤手空拳把老虎打死！
這就是張飛打虎的典故由來。
碰！
胡扯！打老虎的是水滸傳裡的武松。
作者

粉墨登場　正史上的張飛

羅貫中把張飛塑造成「暴怒哥」，愛大口喝酒，嗓門響如夏雷，與正史上的張飛有些出入，其實他善長書法，也不是市場上的肉鋪老闆。民間故事中流傳張飛自立爲古城縣縣令時，曾經替一位被冤枉偷西瓜的弱勢婦女打抱不平，以智逼貪婪好色的財主供出實情；另外也用計識破偷鍋子的小偷，承認自己假裝瘸腿。誇張飛是智勇雙全的大將，是實至名歸呢！

咔嚓！
拍帥點！PO在臉書上和粉絲分享。

語文學堂

- 仗：憑藉、依仗。
- 最有名的打虎英雄是施耐庵《水滸傳》中的虎松，漫畫裡故意畫成張飛，是藉以表現張飛力大無比。另外，成語「馮作重婦」中的馮婦也是打虎達人，這則成語後來引申作重操舊業。

三國故事開麥拉

張飛是個粗中有細，有勇有謀的將領，有一次，張飛率領大軍要趕去雒城與諸葛亮會合，路過巴郡城，太守嚴顏不肯開城門，張飛氣得在城門外破口大罵。但是無論張飛罵得多難聽，嚴顏卻不動如山，壓根兒不理會。

張飛想了想，便命令士兵四處尋找其他路徑。連續數日，嚴顏沒聽見張飛大罵，心裡納悶，便派人到敵營打聽，才知道張飛想要走小路繞過巴郡城。嚴顏想趁機搶奪糧草，不料，他的如意算盤打錯了，反被張飛抓住。

臭老頭膽小鬼
嚴顏，快出城
跟張爺爺大戰
一場！
嚴顏

嚴顏發現中計時已經來不及，但是他脾氣很硬，惹惱了張飛，命士兵推下去斬頭。這時候嚴顏依然面不改色，張飛見狀，覺得嚴顏是英雄，便親自解開繩索，放了他。嚴顏很感激張飛的不殺之恩，便協助他一路順利到雒城。

穿越時空

中國的酒神

幾千來以來，中國人與「酒」就惺惺相惜，「酒」因政治家、文人、富豪而躍上文明史話的舞臺，人們也因「酒」發展出富價值的「酒文化」，文人更因「美酒」而創作出膾炙人口的詩文，而流芳百世。

相傳中國的酒神是夏朝的第五位國王叫杜康，是釀酒達人，以酒爲業的生意人都尊奉杜康爲祖師爺。歷代詩句中也以「杜康」借代美酒，例如：曹操〈短歌行〉：「何以解憂，唯有杜康」。

中國在距今四千多年前的龍山文化時期，已經懂得用自然發酵來釀水果酒，後來人們又研究出如何將穀物發酵成酒，到了東漢時期還引進葡萄酒，由此可見，中國人對酒的品味和發展出來的酒文化也愈來愈高尚豐富了。

坦白從寬！杜康是哪個辣模？
沒文化眞可怕！

三國笑史

14

劉備娶某賺很大

娶某：閩南語，娶老婆。

話說……
劉備正在為招兵買馬缺錢傷透腦筋時，有個大財主出現要資助他。
麋竺
我願意資助你，不過，我有個條件。
只要你肯娶我妹妹，我就資助你招兵買馬。
沒問題！
喜結良緣
真是賺到了！
在眾人的祝福下，劉備和麋夫人拜堂成親。
洞房時，劉備才發現……
妳怎麼長得跟照片上的不一樣？
傻瓜！誰會拿沒修飾過的照片去相親？
這場婚姻真的騙很大！

粉墨登場　嫁老尪的糜夫人

糜夫人叫糜貞，是劉備的二老婆，在哥哥糜竺的作主下，下嫁給劉備當妾。傳說她是位有品德的美人，故事裡，她因爲曹操攻打荊州，劉備戰敗，拋下妻兒逃走，糜夫人抱著阿斗東躲西藏，不幸受了傷，後來被趙雲發現，要救他們離開時，糜夫人見僅有一匹馬，自己又受了傷，如果一起逃走，恐怕很難衝出重圍，便趁趙雲沒有留意時，投井自殺。

語文學堂

- 招兵買馬：比喻擴大武裝力量或擴充人員。也說招軍買馬。
- 拜堂成親：新郎和新娘在男方廳堂舉行參拜天地、父母及夫妻對拜的結婚儀式。
- 一箭雙雕：與「賺到了」、「一舉兩得」意思接近，表示獲得相當大的好處，閩南語俗諺「一兼二顧，摸蜊仔兼洗褲」也有這層意思。

我有點不舒服！
記者大哥看清楚，我是美人不是醜女唷！
我也快吐了！

三國故事開麥拉

三國時期，魏、蜀、吳各稱霸一方，富商糜竺想找個靠山，好保護家人和錢財，以免在兵荒馬亂中被搶光了。起初他在徐州太守陶謙手下當幕僚，建安五年，曹操帶兵攻打徐州，屠殺全城，糜竺奉命迎接劉備帶領的士兵共同抵禦曹兵。這時候，呂布偷襲曹營，逼得曹操只好緊急撤兵。

後來，陶謙不幸病死了，臨終前，交代糜竺要盡心協助劉備，全力保護徐州百姓的安全。頓失靠山的糜竺含淚答應了，他見劉備耳朵大、雙手垂膝，面相奇特，不是平凡人，便順水推舟，向劉備表示願意資助大筆銀兩和把妹妹嫁給他。

當時劉備已經五十多歲了，糜竺的妹妹才二十歲，又有大筆嫁妝，在人財兩得下，劉備樂得同意。

都怪我娘把我生得太「緣頭」，才會人見人愛！

穿越時空

古代新娘子爲什麼要用紅布蓋頭？

古裝戲裡新娘子結婚當天都用喜洋洋的紅色綢緞蓋著頭，不讓人看見臉，俗稱「紅蓋頭」，寓意潔身自愛，婚前不隨便拋頭露面。

因爲古時候人們認爲「烈女不嫁二夫」，推崇品德貞潔的婦人，所以紅色頭紗一生只能蓋一次，由新郎掀起來，表示一輩子婚姻美滿，不再改嫁。所以古代再嫁的女子，依禮法沒有資格再用紅色頭紗。

這樣就看不到滿臉的青春痘！

也有傳說這種習俗源於「桃花女鬥周公」，因爲周公愛慕桃花女，百般追求，無奈桃花女對他沒意思，嫁給了別人！周公得不到桃花女的芳心，醋勁大發，由愛生恨，便在她結婚那天施法術，一旦桃花女出嫁時見到天就會死翹翹。

「你會法術，我也不是省油的燈！」聰明的桃花女見招拆招，用「米篩」和「紅蓋頭」遮住臉，這樣一來就見不到天，巧妙的破了法術。

三國笑史

15

這款起兵玩假的

在糜竺的資助下，劉備順利起兵。
劉
兄弟們，我們要為保家衛國而戰！
跟著我，走！
遜咖
當場冷掉……
因為這種木馬價錢比較便宜嘛！
便宜有什麼用？
好啦！不要生氣嘛！
不會跑要怎麼打仗？趕快去換真馬！

粉墨登場　投資達人糜竺

糜竺是三國時期的巨商，家族世代都是生意人，家裡光僕人就有上萬名，財產好幾億，是蜀漢開國皇帝劉備的大舅子。當年，糜竺看準劉備不是普通的賣鞋郎，所以主動奉上童僕二千人和大把的金銀貨幣協助劉備打仗，還把妹妹嫁給他當妾，將來才有機會飛上枝頭，成爲皇帝的親戚。這項投資報酬率高得嚇人，糜竺的眼光果然一步到位！

糜竺
嘿，劉備絕對是績優股，穩賺不賠！
明日之星

語文學堂

- 衛：保衛，保護使不受侵害。
- 遜：差；比不上。
- 虛有其表：空有好看的外表，形容有名無實。漫畫中以木馬代替眞馬的搞笑劇情即所謂的「虛有其表」。

三國故事開麥拉

劉備幼年時父親就死了，家境清寒，生活得靠親戚劉元起全力資助，否則靠他和寡母織草席、賣草鞋連糊口都有問題，哪有能力在名師盧植的門下上課。劉母對這個獨生子很疼愛，期望也很大，經常叮嚀他好好讀書，光耀門楣。

然而，史書描述劉備年少時不太用功，喜歡騎馬遛狗，還愛和別人比誰穿得漂亮，又常結交些不拘泥小節的豪俠，可見劉備爲人海派，三教九流的朋友都有。

桃園結義後，他響應朝廷的政策，自組義軍要去征伐黃巾賊，獲馬販子張世平、蘇雙贊助五十匹駿馬、五百兩銀子、一千斤的鋼鐵。後來，劉備因援救徐州有功，名氣愈來愈響亮，大商人糜竺也掌握時機，奉上政治獻金和年輕貌美的妹妹，當劉備的二夫人。

劉備一路走來都有貴人相助，難怪可以與孫權、曹操三分天下，成爲蜀漢的開國皇帝。

我八字命兩重，是天生的帝王命！
你的體重也很重！

穿越時空

漢朝的貨幣

兩漢的貨幣包括硬幣、三銖錢、五銖錢、刀幣、布幣……，與現今相比，貨幣的種類更豐富了！

西漢早期，准許民間私鑄硬幣，等劉邦死後，呂后掌權，對貨幣的事也想插一手，她廢除私營鑄幣廠，首次由朝廷發行硬幣，直徑達3.4公分，比現今的五十元硬幣還大；到了漢文帝登基，發行的硬幣小一些，直徑2.4公分，與十元硬幣差不多大。

王莽篡漢，自立新朝，想要大展身手，他很天真的想改革貨幣，於是通行的有銅刀幣、銅布幣、金、銀、龜幣、貝幣，彼此價值差異大，以致幣值大貶，百姓也用得霧煞煞。等東漢光武帝即位，在大將軍馬援的建議下，重新採用漢武帝時發行的五銖錢，從此朝廷對貨幣的發行擁有壟斷權。

阿伯，你怎麼拿龜殼買東西？
啊不然ㄌㄟ？

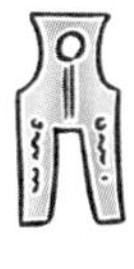
布幣

五銖錢

三國笑史

16 曹操蔣幹的痛

他是東漢政治界的型男，將領中的將領。
當時的政治評論家—許劭，說他是：治世之能臣，亂世之奸雄。
他非常不喜歡別人直呼他的名字，因為聽起來像在罵人。
蔣幹
曹操
操！好久不見，最近好嗎？
抖
抖
抖
欠揍的傢伙！
碰！
幹！沒事別叫我。
操！我知道了。
滑落
這兩個同學的名字還真是不太好聽。

粉墨登場　靠嘴巴吃飯的謀士蔣幹

蔣幹是東漢末年曹營裡的謀士，正史上記載他長得帥氣又有口才，與羅貫中筆下那個眼高手低，光會說大話的吹牛大王完全不同。他的老家在九江郡，雖然與周瑜的故鄉廬江郡相鄰，同屬揚州管轄，但並非《三國演義》中寫的兩人是舊識。儀表堂堂的蔣幹在羅貫中筆下徹底顛覆形象，還背了二個大黑鍋：蔣幹盜書和推荐龐統給曹操獻「連環計」，這都是虛構的情節。

各位讀者，本人長得像「都教授」！

語文學堂

- 能臣：能幹的臣子。
- 奸雄：用狡詐手段取得權利高位的人。
- 漫畫中曹操和蔣幹的名與台語罵人的話同音同字，若時空轉移到現今，只叫對方的名當然很不雅，在古代不能直呼別人的名，而是叫對方的字。

三國故事開麥拉

曹操是天生多疑，寧可錯殺也不能漏殺的人；而蔣幹則是好誇口，不加查證就漫天亂扯的謀士，兩人在羅貫中的安排下演出了「蔣幹盜書」的噴飯情節。

有一天，曹操獲知周瑜暗地察看曹軍的水兵陣營，緊張的不得了。「這周瑜好奸詐，來察看軍營一定不安好心，我得想個法子反擊！」

這時候，曹營的謀士蔣幹表示與周瑜是老朋友，可以去說服他向曹營投降。蔣幹想把握機會立功，躍升爲紅牌謀士。

他渡江來找周瑜，以爲事情發展可以依照劇本走，誰知周瑜來個借刀殺人，故意放封捏造曹營水軍都督張瑁（ㄇㄟˋ）和張允寫的投誠信。急著立功的蔣幹以爲撿到寶，偷了信，半夜溜回去，轉交給曹操，以致曹操怒殺了這二人，平白損失了大將。

嘿嘿！把投誠信寄給媒體，一定很驚爆！

穿越時空

東吳水軍猴塞雷！

東漢末年，魏、蜀、吳三國鼎立，其中孫權建立的東吳因爲有天然的長江天塹，而發展出強大的水軍，是蜀國和魏國望塵莫及的！

正史上記載，東吳已經有能力製造大型的軍用船隻，在水上的戰鬥力相當勇猛。除了軍艦，還有列陣在艦隊的衝鋒船，名字挺時髦叫「先登」，是不怕死的敢死隊，敵軍最怕遇到這種不要命的，東吳敢死隊無所謂，他們可還想活命！

另外，有一種破壞力很強的叫「艨艟（ㄇㄥˊ ㄊㄨㄥˊ）」的戰船，專門用來衝撞敵方船隻；駛船速度快如飛馬的戰船，叫「赤馬」；以及戰鬥力又狠又強有武裝配備的雙層板軍艦。

東吳大帝孫權則請工匠爲自己打造豪華船艦，叫「飛雲」，他搭著這艘軍艦乘風破浪，好不拉風！

You are my love !

三國笑史

17 宮廷恐怖組織

十常侍
靈帝死了之後由太子辯繼承皇位。
年幼的少帝軟弱無能，朝政被一群有野心的宦官把持操控。這群宦官以張讓為首，合稱為十常侍。
張讓
國舅何進不甘宦官瓜分權力，密謀要除掉十常侍。
應該怎麼做呢？
袁紹
何進
不用煩惱，這件事交給我就成了！
看著吧！
我要把那群沒有雞雞的傢伙全宰了！
你耍什麼帥？大聲嚷嚷把敵人都引來了，我真被你害死！
抱歉啦！

粉墨登場　十常侍首腦張讓

張讓是東漢末期的中常侍，是隨侍在皇帝身旁的宦官，很受漢靈帝劉宏寵信，甚至在大臣面前說「張讓是我爹」這種瘋狂的話。他與趙忠等十名中常侍在宮廷呼風喚雨，公開收賄賂、陷害忠良、勾結黃巾賊……。後來袁紹等人包圍皇宮時，他逃到黃河邊，被秘書官閔貢追到，張讓自知難逃一死便跳黃河自殺。

十常侍
張讓
頭銜：
皇帝的另一個阿爹
十常侍首腦
最帥的宦宮
工作：
陪皇帝吃喝玩賭
管理宦官生活起居
撰寫毒害忠良企畫案
賄款理財投資
兼職：
當黃巾賊內應，按件計酬

語文學堂

- 把持：獨占位置、權利不讓別人參與。
- 操控：操縱控制。
- 國舅：皇帝的老婆的兄弟，何進的妹妹嫁給漢靈帝，史稱何皇后。
- 嚷嚷：高聲喊叫。

三國故事開麥拉

東漢靈帝把所有大權都交給張讓等十名宦官，人稱「十常侍」。這十個不良宦官到處搜刮、收紅包，誰白目不給錢的，就捲鋪蓋躺棺材。

「誰敢惹我們十常侍，死路一條！」張讓囂張的放話！

等漢靈帝一死，十常侍失去靠山，他們爲了鞏固權勢，誰對他們不利就殺了誰。國舅何進很討厭十常侍，便找來得力部屬曹操和袁紹，商量除掉宦官的辦法。袁紹本來就瞧不起這些人，他打算帶兵進宮，只要看到沒長鬍子的男人，見一個殺一個。但是曹操不贊成，他覺得這樣做不能斬草除根。

「怕什麼！我們兵力強，一定可以痛宰他們！」袁紹對曹操猶疑不決的看法很不屑。

何進急著除掉宦官，便讓袁紹帶領五千名精兵悄悄的進入宮中，殺掉那些作惡的宦官。袁紹的作法引起其他宦官的不安和反彈，也激怒了十常侍的首腦張讓，他決定大反撲——殺掉何進！

行行出狀元，當宦官也不賴！
熱誠歡迎有志青年加入！

穿越時空

中國的宦官

大家都知道當宦官的人都要被施以閹雞，一輩子不能傳宗接代。所以當宦官的都是從小被送入皇宮，這些被閹割的幼童多半家裡貧苦，父母養不起，但天資伶俐、長相俊秀，所以透過介紹進入宮中，雖然身分卑微，但是至少不愁吃不愁穿，有機會的話，說不定能飛上枝頭當大官！

這些可憐的孩子從小就很會看人臉色，當了宦官後，對主子百分百順從，所以深得皇帝、皇后、太子、妃子們喜愛。宦官也叫太監、公公、閹人、內侍等等，他們在宮中負責雜事，是奴僕身分，但是因爲貼身侍候皇帝，所以容易因受寵而把持政權。

其實東漢以前的宦官不一定都是閹人，是到了東漢才規定宦官得經過淨身，主要是保護皇后、妃子、公主的安全，確保宦官不會對她們有非份之想。

宦官樂團
今夜我想喝醉，醉到不知我是誰！

三國笑史

18 董卓耍兒皇帝

漢少帝：劉辯

漢獻帝：劉協

啊！
想要除掉十常侍的國舅何進，因為形跡敗露反被宦官所殺。
西涼刺史董卓藉言平息宦官之亂，領大軍殺進京城。
董
董卓
十常侍被殺，董卓從此手握大權，傲視天下。董卓為鞏固勢力並測試大臣們對他的忠誠度，決定廢掉劉辯改立陳留王劉協為帝，從此開始董卓亂政的時代！
哈哈哈，我終於把皇帝小兒玩弄於股掌之間了。
唯我獨尊的感覺真爽！
拋來
拋去
喂！快把娃娃還給我，睡覺的時候我要抱著睡。
小氣鬼，再讓我玩一下嘛！
漢獻帝
劉協

粉墨登場　兒皇帝劉協

陳留王叫劉協，是漢靈帝劉宏與王美人生的，與漢少帝劉辯是同父異母的兄弟。因爲劉宏有意想改立劉協爲太子，但是怕大舅子何進反對，遲遲不敢說出來，臨死前把劉協託孤給宦官蹇（ㄐㄧㄢˇ）碩。等劉宏一死，何進就殺了蹇碩，以絕後患。一直到董卓進京，才立僅九歲的小學生劉協爲皇帝。

語文學堂

- 形跡：舉動。
- 敗露：壞事或隱私被別人發覺。
- 傲視：高傲地看待。
- 唯我獨尊：至高無大，沒有人可以相比擬。

三國故事開麥拉

東漢靈帝死後，大將軍何進想殺光宦官，便寫信給董卓要他進京，並呈上請求誅殺宦官的奏章。不料，消息走漏，何進反被張讓、段珪殺死。

袁紹和弟弟袁術帶領士兵包圍皇宮，打算剷除宦官，張讓、段珪只好逼迫少帝劉辯和陳留王劉協連夜往北逃亡。這時候董卓和帶領的三千名士兵正風塵僕僕的趕往京城，並不知道發生政變了，等到獲知消息，他心生一計，不如廢了少帝改立陳留王當皇帝，自個兒當相國，這麼一來，漢朝政權就是董氏的天下。董卓找袁紹商量，但袁紹不答應，他害怕這肥董出奧步，便連夜逃走了。

第二天，董卓就逼少帝退位，改封為弘農王，讓陳留王登上王位，就是漢獻帝，開始他操控兒皇帝的奪權計畫。

穿不下龍袍，只好去健身房瘦身！
喂！那件是我的衣服啦！

穿越時空

皇帝的禮服龍袍

龍袍，是中國古代皇帝才能穿的尊貴禮服，因爲上面的繡紋主要以龍爲主，所以叫龍袍。

歷代的龍袍顏色不完全相同，夏朝是黑色，周朝是紅色、秦朝是黑色、漢朝本遵循秦朝崇尚黑色，到了漢文帝劉恒才採用黃色，之後延用到明清，我們在電視、電影或舞臺上看到的龍袍，都是以清朝的款式仿製的。

爲什麼皇帝穿的禮服要繡上龍呢？龍，是老祖先想像出來的神獸，能騰雲駕霧、呼風喚雨，具有無所不能的神力，高高在上的天子就像龍一樣，無比的尊貴，沒有做不到的事。此外，龍的各部位都代表了吉祥意思，例如：高高的前額表示智慧；鹿角表示國家；牛耳表示居領導地位……。龍袍的下端繡了水浪和山川，寓意「一統山河」、「萬世昇平」。

漢朝龍袍

三國笑史

19 袁紹是嗆聲哥

董卓你算什麼東西？皇帝是你想換就能換的嗎？
我絕不同意你做這樣大逆不道之事，堅決反對！

．．．．．．．．．．．．．？

領袖玉照
算了吧！
董卓現在把持政權，跑去跟他嗆聲根本是在找死。
我還是先逃離京城再做打算。

袁紹連夜離京逃往冀州，靠著四代名門的聲望建立了在亂世中爭霸的實力。

粉墨登場　豪門世家公子袁紹

袁紹出身望族，是父親袁逢的妾所生的庶子，袁家祖先四代都任高官，史稱「四世三公」。袁紹年輕時喜歡結交上流豪邁人士，頗有貴公子的氣派。漢靈帝死後，他曾協助大將軍何進誅殺宦官，何進一死，便與弟弟袁術衝進皇宮，砍殺了二千多人。後來，他憑著本事成為東漢末年勢力最強盛的諸侯之一，可惜在官渡之戰與曹操對峙慘敗，從此元氣大傷，抑鬱寡歡的結束了一生。

我是實力派
硬漢，不是
「靠爸族」！

語文學堂

- 大逆不道：犯上作亂等重大罪行。比喻罪惡深重。
- 惡行：惡劣的行為。
- 人微言輕：人的地位低微，所提出的主張、言論不被採納重視。
- 嗆聲：因不滿對方，而以激烈的口氣、態度發表自己的意見。

三國故事開麥拉

董卓一心想廢除少帝劉辯，改立陳留王劉協爲帝，這樣一來，他就可以把持政權，一步步登上王位。但是，他擔心袁紹反彈，畢竟袁紹出身豪門世族，實力強，也不是好惹的角色。董卓想了又想，決定找袁紹探探心意。

他說：「現在局勢混亂，得由英明的皇帝來領導才行，我看少帝太軟弱，陳留王雖然年紀小，卻頗有膽勢，我打算立他，你覺得怎麼樣？」

袁紹一聽，猜到董卓不懷好意，表面上爲大漢王朝著想，其實是欺負陳留王年紀小，好欺負，好掌控。他氣得當場嗆回去：「少帝哪裡做錯了，你憑什麼廢了他？」

董卓也惱羞成怒，很跩的表示一定要廢了少帝。袁紹不爽又嗆了起來：「哼！難道天下是你的嗎？」說完，就氣憤的走了。當晚，袁紹覺得留在京城恐怕有生命危險，便逃往冀州另作打算。

帝王相
主播
本台獨家採訪董卓，他透露自己很有帝王相。

穿越時空

古代的告示看過來

古代沒有電視、網路、報紙，朝廷想公布法令、政策、捉拿人犯……就會在人潮多的城市張貼榜文，也叫文告，讓百姓們知道。

我們在電視、電影常看到朝廷把逃犯的畫像張貼在城門旁，經過的人只要長得像就會被攔下來盤查，春秋時期的伍子胥被通緝，因一夜急白了鬚髮，守城門的士兵認不出來而放走了他。這當然是民間的傳說故事，古代沒有整型手術，想要「變臉」騙過官兵可沒那麼簡單。武俠小說裡有一種薄如絲可緊緊貼在臉上的面具，有點像現今的面膜，壞人會利用這種邪術來易容，甚至可以做到和某人一模一樣的臉孔，再嫁禍給對方。

告示的稱呼隨著朝代不同也有改變，例如：秦、漢、魏、晉時期叫布告；唐、宋、元、明朝初期叫榜文、告示、文告；明代中葉以後，朝廷的布告叫榜文，地方各級政府的叫告示。

太過分了！居然把我畫得那麼醜。
捉拿醜男

三國笑史

20 赤兔寶馬也瘋狂

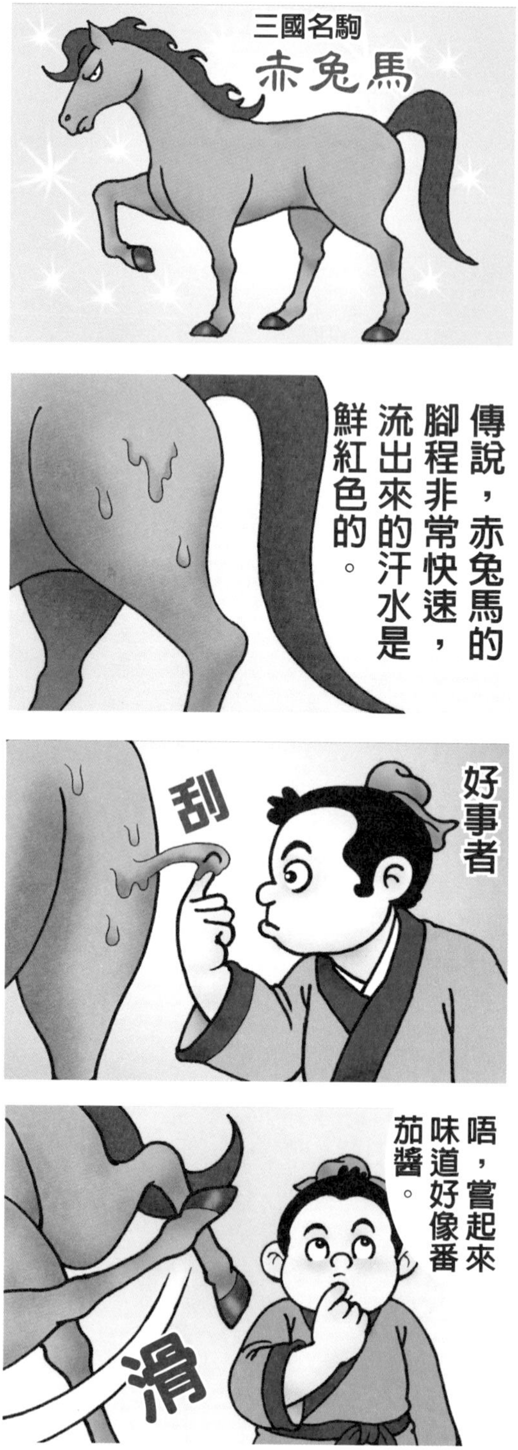

三國名駒
赤兔馬
傳說，赤兔馬的腳程非常快速，流出來的汗水是鮮紅色的。
好事者
刮
唔，嘗起來味道好像番茄醬。
滑

粉墨登場　世間極品赤兔馬

「赤兔馬」是產於西域大宛的「汗血馬」，也叫大宛馬、天馬、汗血寶馬，由漢武帝千里遠征帶回中原，特點是耐疲勞、馬蹄堅硬，跑了很遠的路，也不會累。有學者認爲「汗血馬」就是現今土庫曼斯坦（中亞國家，國土有80％是沙漠）的阿哈爾捷金馬，據說當年大宛人把有五種體色的母馬放牧在山下，與野馬交配，生下汗血寶馬，這種名馬以出汗血而聞名，但原因不名。

我是有身
分地位的
名牌馬！

語文學堂

- 駒：音ㄐㄩ，年輕力壯的馬。
- 腳程：行走的能力。
- 好事者：喜歡製造事端的人。也叫好事之徒。
- 逐臭之夫：比喻有怪癖的人。漫畫中的好事者去嘗赤兔馬汗，雖是搞笑，但這種人就像是逐臭之夫，有奇特的嗜好。

三國故事開麥拉

《三國演義》中「赤兔馬」本來屬於董卓，他想拉攏呂布，派武將李肅當說客，並開出天價的條件：名牌赤兔馬一匹、黃金一千兩、超大珍珠十多顆、高檔玉帶一條。

那時候呂布在義父丁原手下擔任文官，根本無法施展武藝，覺得很嘔氣！呂布在銀彈攻勢下很心動，便答應殺了義父，改認董卓爲乾爹，所以張飛罵他是「三姓家奴」，大丈夫行不改名坐不改姓，呂布爲了利益，認誰當爹都無所謂。

後來，曹操殺了呂布，奪走赤兔馬。有一年，曹操攻徐州，劉備潰敗逃走，大將關羽被曹操抓走，他很賞識關羽，極立想說服關羽加入曹營，便把赤兔馬轉送關羽。建安二十四年，關羽在曹操和孫權南北夾攻下，敗走麥城，被馬忠活抓，後被呂蒙殺死，而赤兔馬由馬忠擁有，但關羽的愛駒絕食而死。

穿越時空

東漢拉風又科學的馬車

商朝人善長做生意，往返奔波的交通工具也很發達呢！那時候已經有了馬車，到了東漢出現所謂的「記里鼓車」和「指南車」，是交通工具的大創舉唷！

「記里鼓車」分成上下兩層，每層都有機械製的小木人。每行駛一里路，下層的小木人就「咚」擊鼓一下；每行駛十里，上層的小木人則敲打鈴鐺一次。很有趣吧！當時的馬車伕只要計算小木人共敲了幾次鼓或幾次鈴鐺，就知道行駛了多少里路。

另外還有一種叫「指南車」，主要用途是辨識方向，是三國時期魏國人馬鈞發明的，車上有小木人，手指的方向就是南方。這對在大雪皚皚（ㄞˊㄞˊ）或大霧迷漫作戰的將士來說，可以避免迷路。

指南車

記里鼓車

21 呂布這傢伙

董卓另立陳留王當皇帝引起丁原的不滿，他命義子呂布率兵挑戰董卓。
呂布
丁原
反對
好漂亮！有了這匹寶馬，我的時尚感會加分。
花痴！
董卓知呂布之勇不願為敵，反想拉攏他，於是派人暗送金銀珠寶和赤兔馬給呂布，要他背叛丁原。
呂布個性反覆經不起誘惑，當真把乾爹丁原殺了！
逆子！
呂布立刻投靠到董卓身邊。
呵呵呵，我如果多幹掉幾個乾爹，應該很快就會發達。
呂布這傢伙，自我感覺良好的憧憬著美好的未來。

粉墨登場　被乾兒子殺死的丁原

丁原是東漢群雄之一，善騎馬射箭，任刺史時因欣賞呂布的氣概而錄用他，在《三國演義》中是呂布的義父。東漢靈帝死後，何進下令他和董卓率領部隊到洛陽，協助誅殺宦官。後來，他看不慣董卓把持政權，在宮中胡搞瞎搞的惡行，便率領乾兒子呂布攻打董卓軍隊，想不到狼子野心，卻反被貪利的乾兒子呂布殺死。

你～這～兔崽子，竟殺了乾爹！納命來～
丁原鬼魂

語文學堂

- 陳留王：王美人與東漢靈帝劉宏生的兒子，叫劉協，九歲登基即漢獻帝，被董卓操控政權，史稱兒皇帝。
- 拉攏：爲了某種目的，用手段使人靠攏到自己這一邊來。
- 憧憬：因熱愛、羨慕某種事物或境界而希望擁有或達到。

三國故事開麥拉

大將軍何進一心一意想鏟除宦官，但是妹妹何太后反對。他在司隸校尉袁紹的建議下，召喚董卓和丁原，兩人分別掌控涼州和并州的軍力。

接下來的發展，並沒有順著何進的「完美劇本」走，董卓早一步進京城，把少帝、陳留王、何太后操控在手中，搶得主導權。後來，何進被十常侍殺死後，士兵們都改投靠董卓，以致董卓的軍力愈來愈強大。

雖然丁原率領的并州軍團失去先機，但實力也不能忽視，加上丁原有個義子叫呂布，臂力過人，善騎馬射箭，父子聯手，令董卓坐立難安。

「我得想法子把呂布弄到手！」於是，董卓以重金和赤兔馬誘使呂布，要他殺了丁原。見利忘義的呂布答應了，他殺了乾爹後，改投靠董卓，不僅高升爲指揮官，還成了董卓最信任的人。

歹勢啦！別人常換手機，我是常換乾爹！

穿越時空

爲什麼將領愛收乾兒子？

中國人有所謂「不孝有三，無後爲大」，意思是說最不孝的行爲，就是沒有生兒子，沒有爲祖先傳宗接代。

除了生兒子，人們還愛收乾兒子，尤其古時候衝鋒陷陣的將領最喜歡收乾兒子，而且多多益善。爲什麼呢？主要原因在於厚植實力。戰場上你殺我砍的，讓親生兒子去送死，對不起祖宗八代，況且自己生的未必是將才，或年紀太小、或身體虛弱，成天「泡病號」（譏人一天到晚去醫院掛門診）、或早年夭折等等原因。

但是，收有能力的年輕人爲乾兒子，好好的栽培，彼此有了這層「虛構血親」關係後，對方常因沒爹沒娘沒背景，吃盡苦頭，一旦有乾爹照顧提拔，都願意出生入死爲乾爹效命。所以收乾兒子也算是一種長期投資，雖然沒有眞正的血緣關係，然而比起親生的敗家子，優良品種的乾兒子眞的很讚啦！

這是最新版的「特優乾兒子」目錄，有食神、武狀元、六塊肌猛男、人魚線名模……！

三國笑史

22 施政滿意度狠低趴

不怕死的董卓決定收呂布為義子。
參見義父！

呂布成為董卓打擊對手，鞏固領導中心的恐怖力量。
來啊！誰敢挑戰我呂布？

董卓有呂布幫助，從此高枕無憂的盡情享受權力的美酒。
他無視皇帝的存在，不但穢亂宮廷還亂殺大臣，對百姓更是極盡殘忍，所做所為可說是人神共憤。

根據民調您的施政滿意度創新低，請問您有什麼說法？
民意調查當作參考就行了，老子不理那玩意，愛怎麼幹就怎麼幹！

粉墨登場　歷史評價超低分的董卓

董卓爲人凶殘，野心勃勃，他掌握時機操控政權，皇帝、皇后不過是供玩弄的傀儡。當他強迫九歲的劉協登上王位後，又自封相國，朝廷各部門的官員幾乎都是董氏家族的人，連還在吃奶的小嬰兒也被封了侯爵。自我感覺良好的董卓愈來愈囂張，所有的行頭都比照皇帝，還下令建造無敵大城堡，裡頭堆積的糧食，可以連吃三十年。後來，他被乾兒子呂布刺殺，結束了罪惡的一生。

語文學堂

- 鞏固：作動詞，使堅固。
- 高枕無憂：墊高枕頭睡覺，表示心中沒有煩惱，比喻平安無事，用不著憂愁。
- 穢亂：行爲放蕩，違背道德標準。
- 人神共憤：憤怒到極點。

三國故事開麥拉

董卓掌權後什麼都要管，連不懂的貨幣政策也要參一腳，他下令廢止當時流通的五銖錢，另外鑄造較小的銅錢，因爲銅不夠，又搜刮各地的銅製品，逼百姓把所有含銅的東西都交出來，再熔化鑄造成錢幣。這次的貨幣改革亂七八糟，導致全國陷入金融風暴，通貨膨脹，所有的民生物品都狂飆，百姓苦不堪言。

最可惡的是，董卓竟然放任軍官私闖民宅，搶劫百姓財物，美稱「搜牢」，保護民間治安的意思。董卓搶活人的錢不夠，還命人挖開漢靈帝的墳墓，搜刮裡面的陪葬品。人人恨死了董卓的惡行，以現今的話來形容：施政滿意度「狠低趴」，丟盡了各部門首長的臉！

報告相國，民調已經低於8趴了！
8%
馬上給我弄個民調單位，宣布我是200趴！

漢朝公務人員的薪水

時下物價高漲，偏偏什麼都漲，就是薪水沒有漲，百姓叫苦連天，連捧鐵飯碗的公務人員也高喊多年沒漲薪水，生活好苦！

現代公務人員嫌薪水不夠高，古代的官員呢？兩漢時期公務人員的薪水挺多元化，除了實領貨幣，還有米糧、布匹等等實物補貼，位階高的大官還享有收取民間田租和賦稅的福利。

低階的公務人員就沒有這麼「好康」，舉個例子來說，漢武帝時的大臣東方朔，剛當官時位階相當於小科員，月薪是一袋沒有脫殼的小米，差不多三石重，以及二百四十枚三銖錢，換算成台幣差不多是月薪一千五百元，以一千九百多年前的物價來計算，好像也不算太差！

高級公務人員如丞相，光領現金就有六萬錢，加上其他優渥補貼，屬於高薪族，令時下領22K的上班族羨慕死了。

三國笑史

23 搞笑的刺殺行動

曹操不滿董卓的所作所為，決定刺殺董卓。
藉著董卓約他談論公事，呂布不在時的機會，曹操手握七星寶刀慢慢靠近董卓身邊。
曹操正準備要下手時，
董賊，納命來！
董卓忽然坐起身來大喊……
操！你想要幹什麼？
驚！
曹操急中生智，
要命啊！等一下要去掛急診了。
太精采了！
操！沒想到你還練就這一身絕活。

粉墨登場　曾經也是英雄的曹操

曹操行事凶狠又懷有野心，利用各種奸詐手段取得大權，他最震撼人心的名言是「寧教我負天下人，休教天下人負我」，如果以分數來評價的話，低於六十分。狠心的他早年剛出道時倒很熱血，曾經冒著危險去殺董卓，差點兒賠上了一條命。可惜他的多疑、野心、貪色淹沒了壯志，反而在青史上落得得「梟雄」、「奸雄」的負面評論。

語文學堂

- 所作所爲：行爲、作爲。
- 起身：起床。
- 急中生智：在緊急中忽然想出解決難題的法子。
- 絕活：拿手有特色的本領。也說絕技。

MY STYLE！
我是亂世的梟雄！
梟雄

董卓把持東漢政權後，自封三百多年來沒人聽過的官銜——相國，自個兒立法可以佩帶等同皇帝的符節，愛怎麼調動兵馬誰也管不著。老臣王允很氣憤，便以作壽爲名，邀請了一批反董卓的臣子來家裡討論如何殺了那亂賊。

就在眾人想不出好法子的時候，當時任驍（ㄒㄧㄠ）騎校尉的曹操表示要親自砍下董卓的腦袋。王允很高興，便慷慨送他家傳的七星寶刀，助他完成任務。

你帶刀是待會兒要起乩嗎？

曹操持著寶刀趕來相府，因遲到謊稱騎的馬跑不夠快，董卓便吩咐呂布去馬棚牽匹好馬送給他。當呂布離開後，曹操正想舉刀，董卓從銅鏡中發現了，問曹操帶刀做什麼？曹操反應敏捷地表示是送給相國的禮物。

董卓沒有懷疑，高興的收下了。曹操見狀，心虛的找了個藉口溜之大吉。

穿越時空

名劍寶刀都是高檔貨

刀，是我國歷代以來使用的兵器之一，相傳春秋時期有二把舉世聞名的寶劍——莫邪、干將，據說把髮絲放置刀刃上，輕輕吹口氣就會斷成兩根。

「莫邪」、「干將」這兩把名劍是由春秋時期吳國的鑄劍夫妻檔——莫邪、干將打造出來的。據說吳王闔閭命干將鑄劍，但一直沒有成功。莫邪聽說要女人擔任爐神，投入火中，鐵汁就會汨汨（ㄇㄧˋㄇㄧˋ）流出來，自然能鑄造出名劍。莫邪一聽，轉身就投入爐火中，干將才順利的打造出兩把絕世神劍。

那時候只有少數工匠知道如何鑄造鋒利的寶刀、寶劍，而且傳子不傳女，視爲祖傳秘密，不能洩漏。然而現今技術發達了，知道在鋼裡加入鉬（ㄇㄨˇ）、鎢的合金元素，就可以打造出合金鋼，是一種性能優良的鋼材，如此便能鑄造出「削鐵如泥」的刀、劍了！

我阿公的阿公的好幾代阿公是戰國時代的打鐵達人！

三國笑史

24 好遜的變裝秀

曹操刺殺董卓的企圖被察覺後，他連夜逃離京城。
懸賞捉拿
反賊
曹操
董卓立刻發出通緝令，全國抓捕反賊曹操。
全國各地都有捉拿我的通緝令告示。
我要變裝才不會被人認出來。
中牟縣城
報告！
捉到頭號通緝要犯曹操了！
我變裝成這樣還認得出來。
佩服！
操！你當我們都瞎了嗎？
中牟縣令
陳宮
有時，聰明反被聰明誤啊！

粉墨登場　有血有淚的謀士陳宮

正史中，陳宮本來是曹操的部屬，後來投靠呂布陣營。當曹操率兵攻打下邳（ㄆㄧ）時，呂布大敗，陳宮和其他部將被抓走。曹操不想殺他，勸他再出來當官。然而，陳宮認為自己身為漢朝臣子沒有報效國家，為人子女又沒有盡孝道，沒有臉活下去，他將老母妻兒託給曹操照顧。曹操見陳宮求死的心意非常堅定，只好含淚命手下將他拖出去斬首了。

老曹，記住唷！我那水某愛用名牌，每個月都要出國血拚！

語文學堂

- 意圖：想達到某種目的的打算。
- 通緝：法院通令搜捕在逃的犯人。
- 聰明反被聰明誤：自以為天資高，卻反而誤了自己。

三國故事開麥拉

曹操拿著七星寶刀要去刺殺董卓，卻不幸失敗，他機警的找了個藉口，說要試騎贈送的名馬而溜之大吉。

「好險！差點兒被那老賊活宰了！」曹操在奔逃的途中還心有餘悸。

董卓也不傻，他即刻查覺曹操的陰謀，下令全國通緝。

據說半夜曹操經過中牟縣時，被當地的亭長攔阻，盤問後覺得可疑，以現行犯逮捕，交給縣令處置。那時候縣府裡有個官員識破曹操的身分，但因仰慕曹操是行刺董卓的英雄，不僅沒有揭穿，還向縣令陳宮表示應該放走曹操。

但是從史實來看，陳宮從來沒有當過中牟縣令，所以不可能放走曹操，更不可能陪他亡命天涯。這個熱血的陳宮因羅貫中的劇情安排，背負了放走奸雄的委曲和嘲笑！

我才沒有放走曹操，我要申訴！
沒瞎掰，哪來的收視率？

古代男人也愛變裝

時下風靡年輕人的「變裝秀」早在春秋時代就已經盛行了，而且王公貴族很迷這種「Cosplay」！

那時候有所謂的「變裝男」，長相斯文俊美的男子扮成女子，這種男扮女的時尚尤其盛行在貴族生活中。到了魏晉南北朝，人們崇尚臉白的花美男，六塊肌的猛男沒有行情，反而是那種走起路來左搖右擺，皮膚白裡透紅，穿著寬大衣服像不食人間煙火的花美男才火紅，當時大紅大紫的美男子有衛玠、何晏、潘安……，衛玠還因爲長得太美了，活活被圍觀的粉絲看死！

據說三國的曹操雖被毒稱「梟雄」卻愛美的很，除了臉很白平日最愛噴香水，曾經因爲噴太濃烈，嗆得愛馬受不了，狂性發作，狠狠的咬了他一口！

古代「變裝男」的魅力無人可擋，連貨眞價實的美女都自嘆不如呢！

喂，你不要醜化我！
西施
我的臉白，扮西施一定美死人！

三國笑史

25 陳宮的心意霹靂版

陳宮你捉到我是大功一件。
趕快送我進京向董卓領賞吧！
操！
我豈是個不知天下大勢的庸人？
你不但帥又有才能，我早就想跟著你了。
喂！我可沒那種癖好，你放尊重點！
來嘛～讓哥哥親一下。
救命啊！
牢房

粉墨登場　三國演義版的陳宮

陳宮在《三國演義》裡，成了沒有辨識能力的好好先生。他是中牟縣的縣令，有一天意外逮捕到曹操，本來可以立大功，卻因自己誤判釋放了曹操，還陪他一起逃走，以致捲入滅門血案，落了個共犯的下場。這對正史上的陳宮來說，當然不公平，也覺得莫名其妙，可是因爲羅貫中的巧安排，謀士陳宮卻成了家喻戶曉的火紅角色，犧牲的也算有價值。

好歹也拿了座最佳男配角獎，我就不計較了！

語文學堂

- 大勢：事情發展的趨勢。
- 癖好：對某種事物的特別愛好，意味有怪癖。癖，音ㄆㄧˇ。
- 心生愛慕：在逗趣漫畫中，陳宮對曹操心生愛慕，其實在《三國演義》劇情裡，他是仰慕曹操的才情和膽識，才私自放了他，並陪他一起逃走。

三國故事開麥拉

當中牟縣縣令陳宮抓到曹操時，並沒有向京城通報，卻選擇半夜審問犯人。陳宮問：「聽說相國待你不薄，你幹麼逞英雄，幹下這種刺殺的蠢事？」

曹操表示自己是除奸報國，爲百姓出口氣，不怕腦袋落地。

「說得好！你倒說說看，如果你能夠重獲自由，將來有什麼打算？」這個縣令的審問內容實在太令人噴飯了。「我要回家鄉招兵買馬，訓練軍隊，號召各地的英雄好漢團結起來，殺到洛陽，讓奸臣人頭落地！」曹操講得慷慨激昂。

「好熱血唷！我果然沒有看錯人！」陳宮非常感動，當場釋放了曹操，還找了一套衣服給他換裝，並準備些盤纏，兩人各背了一把劍，連夜奔逃，立誓要幹出轟轟烈烈的大事業！

你準備的這套衣服是歐巴桑穿的耶！
是我老婆的啦！

穿越時空

古代說不出口的戀情

中國自商朝開始出現「比（ㄅㄧˋ）頑童」的說法，也就是玩弄男童，可見三千多年前的保守社會，已經有同性戀情。

所謂「美男破老」，美男，指受君王寵愛的年輕俊俏男子，意思是說：寵男可仗勢自己的美色，在君王面前詆毀忠心耿耿的老臣。爲什麼手無縛雞之力的寵男有這樣的能耐呢？其實憑仗的是君王的愛。

西漢哀帝劉欣與美少男董賢的斷袖戀情，傳了一千多年，算是愛情悲劇裡膾炙人口的話題。董賢是老臣董恭的兒子，這少年郎長得很美，一顰一笑十分嫵媚，漢哀帝對他一見鍾情，愛他愛到無法自拔。有一天午睡醒來，發現董賢枕著自己的袖子，因不忍心叫醒他，竟拔劍割斷了袖子。

「斷袖之癖」這句成語就是源自漢哀帝和董賢的故事。

噓，董美人睡美容覺不可以吵醒唷！
劉欣

三國笑史

26 滅門血案的殺手

陳宮私自放走曹操，並且棄官與他一起亡命天涯。
跟屁蟲！幹麼死纏著我！
打擾了！
呂伯奢
歡迎，歡迎！
曹操帶著陳宮投靠父親的好友，受到熱情友善招待。
想不到多疑的曹操誤以為呂伯奢出賣他，竟然一怒殺掉呂家所有人。
寧可我負天下人，不許天下人負我！哈哈哈……
好狠心可怕的人啊！
陳宮真是個幼稚的傢伙！
絕交！
壞人！
討厭！
公憤…！
陳宮 留言
陳宮因不齒曹操的惡行選擇離開他，沒想到後來又投靠了呂布，看來陳宮交朋友的眼光很糟糕。

粉墨登場　好心被雷唚的呂伯奢

「好心被雷唚（ㄑㄧㄣˋ）」是句常見的閩南語俗諺，意思是好心沒有好報，東漢的呂伯奢就是那個有夠衰的倒楣鬼。呂伯奢是曹操他爹曹嵩的老朋友，生了五個兒子，因曹操逃亡路經他家，熱情招待對方，被曹操懷疑意圖不軌，便屠殺了他家八口人，但曹操殺呂伯奢家人的眞正原因，卻是歷史懸案。

呂伯奢鬼魂
早知道曹操心這麼黑，就泡灑農藥的茶、肉醬裡加餿水油，毒死他！

語文學堂

- 亡命：逃亡的意思。
- 天涯：泛指遙遠的地方。
- 投靠：因自己有困難，所以去依靠別人生活。
- 寧可我負天下人，不許天下人負我：《三國演義》中的原文是：寧教我負天下人，休教天下人負我。是說寧可我辜負天下所有的人，也不准允天下人辜負我。

三國故事開麥拉

陳宮與曹操一起亡命天涯，到處躲避官兵的追殺。這天兩人逃到曹操父親的老朋友呂伯奢家裡，受到呂家人熱情的款待。呂伯奢吩咐妻子和五個兒子，殺雞宰豬要請客人飽餐一頓，自己則騎著驢子到西村打酒，準備痛快的喝個大醉。

呂妻和兒子們依吩咐捲袖準備料理，有的磨刀子、有的到雞舍抓雞、有的劈柴、有的洗鍋煮熱水……，大夥忙成一團，要準備一桌豐盛的酒菜，好好的款待遠道而來的客人。

然而，猜忌心很重的曹操聽到有人在磨刀子，懷疑呂家人不安好心，藉口要招待自己，其實是想殺了他，好去領獎金。

曹操心一橫，殺了呂伯奢家人，逃走的途中巧遇呂伯奢，也不留情的殺了對方。陳宮很不齒曹操的行為，便決定離開，不再與這種狠毒的人打天下。

老曹，等一下要拍你屠殺恩人的劇情。
觀眾一定在我的臉書上罵翻了！
導演

穿越時空

古代帝王也提倡禁酒

中國歷代君王都能喝上幾杯，也愛杯中物，但早在距今約四千年的夏朝君王大禹就提出禁酒政策。夏禹是賢明的君王，深知貪杯容易誤國的道理，所以下了這道禁酒令。無奈子孫不肖，夏朝末代君王桀整天與大臣喝得醉醺醺，不理朝政，最後被商湯放逐。

諷刺的是，商朝貴族並沒有記取歷史教訓，喝酒風氣成爲時尚，祭祖要喝、慶功要喝、聚會要喝、兩國訂立盟約也要喝……據說帝王商紂日日夜夜離不開美酒，曾經連喝七天七夜，二十四小時泡在酒池肉林。

因爲貴族們愛喝酒，所以商朝的酒器琳瑯滿目，例如：尊、爵、角、壺、觥（ㄍㄨㄥ，用獸角做的酒器）、卮（ㄓ）、盉（ㄏㄜˊ，古代溫酒的酒器，有三足）等等，比起現今的啤酒杯、高腳杯講究華麗多了。

盉

尊

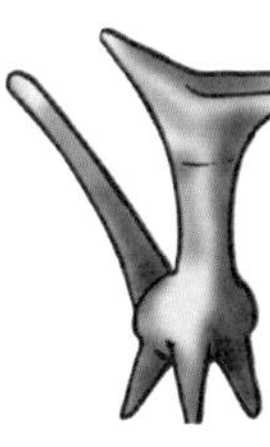
爵

觥

三國笑史

27

賣鞋郎當官

劉備起兵之後打了幾場勝仗，由於張角病死，沒了領導，不久後，黃巾軍就被消滅了。
耶！勝利了！
劉

怨靈再現
張角
什麼？導演你有沒有搞錯？
這麼快就讓我沒戲演？
抱歉了張角！沒辦法，這就是配角人物的命運。

凡是參加剿滅黃巾軍的有功人員，朝廷都分發官職作獎賞，劉備因此當上了縣尉。
雖然是芝麻綠豆大的官，總比沒有好。

你們看我像不像財神爺？
大哥你別耍寶了，還沒過年吶！

粉墨登場　劉備終於當官了

劉備與關羽、張飛桃園三結義後，加入剿殺黃巾賊的行列，他運氣好的不得了，首次打仗就旗開得勝，甚至擊退了數千名黃巾賊，救了董卓的部隊。後來，朝廷論功行賞，拚死血戰的三人卻只當個芝麻小官，劉備被派到安喜縣擔任小縣尉，關羽和張飛則在當地做行政工作。有官做，劉備倒很認眞，老百姓也對這麼一位愛民的好官敬佩不已。

阿爸，阿母，
我當官了，我
出運了！

語文學堂

- 縣尉：古代官名，秦漢時開始設置，在縣令或縣長之下設縣尉，掌理縣裡的軍事和治安，位階不高。
- 芝麻綠豆：形容微小、不重要的事物。
- 財神爺：主管財神的神明，國人以中路武財神趙公明爲五路武財神之首。
- 耍寶：表現滑稽、逗趣的行爲。

三國故事開麥拉

東漢末年，劉備和關羽、張飛搭上熱血青年從軍的潮流，三人首戰就殺死了黃巾匪賊程遠志、鄧茂，立下功勞。

緊接著，劉備聽聞黃巾賊圍攻恩師中郎將盧植，便帶著幾千人馬去搭救，不料在途中看到老師被押在囚車裡，原來太監向盧植敲詐被拒，便在皇帝面前誣陷他作戰不力，現在要押送他到京城法辦。

「老師，別怕，弟子來了！」

劉備揮舞著雙股劍衝殺過去！

「玄德，萬萬使不得！殺官兵會被砍頭的。」三人打算劫囚車但被盧植阻止，只好繼續往前走。半路上，聽到一陣嘶喊聲，原來黃巾賊衝殺了過來，三人率軍奮勇殺敵，張角見情勢不妙，只好鳴金收兵，逃之夭夭。

事後，朝廷分別給劉備三人安插職位，但都是不起眼的小官。

下次大哥請你們去六星級飯店。

穿越時空

漢朝官職比一比

兩漢的官職琳瑯滿目，舉幾個常見的來開眼界：

大將軍：位階最高，多由貴族任職，小老百姓沾不上邊。

大司馬：也叫太尉，掌管全國軍政，是最高軍事長官，和司徒、司空並稱三公。

太守：是一郡的最高長官。

司隸校尉：負責查捕罪犯，劉備稱帝後命張飛爲司隸校尉。

丞相：依君王的命令處理國家事務，也叫相國，董卓很「哈」這個職位。

廷尉：掌管刑法獄訟，是全國最高的司法機關。

刺史：掌管一州的軍政大權。

督郵：掌管督察所任職的縣鄉是否有不法的事，並宣達教令等等。

▲想像賣鞋郎劉備成爲官員，躍上時代雜誌封面人物。

三國笑史

28

官場索賄奇談

你假冒皇親國戚，這事追究起來罪不輕。
拿點錢出來擺平！
我是清官，沒有錢能給你。
劉備才當官沒多久，就遇到長官督郵的公然索賄。

少跟我裝窮！
今晚不把錢送到驛館給我，你這個官就別想當了！

大人請笑納！
還說沒錢，榨一下不是就乖乖拿出來。

嚇！這是什麼鬼東西？
說對了，那是要燒給我用的。
冥府銀行
1000

粉墨登場　死要錢的貪官督郵

這個與劉備起衝突的督郵是安喜縣的高級政風人員，專門負責查核是否有不適任的官員，並向朝廷呈報，說起來是劉備的頂頭上司。正史版與《三國演義》版的督郵形象大不同，正史版的督郵並沒有記載他向劉備索賄的事，然而，在故事裡卻成了貪官，還被打個半死。還好從頭到尾都沒有交代這個督郵的姓名、籍貫，大作家羅貫中也不算詆毀古代政風人員。

這就是當臨時演員的悲哀，老是演壞人！
督郵

語文學堂

- 追究：查問。
- 驛館：古代驛站供來往官員住宿的地方。也叫驛舍。
- 笑納：用於請對方收下禮物的客套話。
- 貪官汙吏：形容貪財索賄、惡行惡狀的官吏。漫畫中的督郵就是典型的代表。

三國故事開麥拉

東漢時期到底是誰毒打督郵？羅貫中硬說是大老粗張飛闖下的禍！然而，史學家是憑史料證據在說話，他們發現涉嫌鞭打督郵的人應該是劉備。

史料記載，劉備從軍以前就整天鬼混，常與人玩賽狗遊戲，又愛穿華麗衣服，雖然在大儒者盧植門下求學，卻不是用功的好學生。想想看，這樣一個有點像「古惑仔」的人當了官，有可能立刻大變身成爲「民調最高」的模範官員嗎？

史料上白紙寫黑字，記載劉備因爲怕被列入不適任的黑名單，去驛館求見督郵高抬貴手，但是被拒絕接見，惱羞成怒下才綑綁督郵，狠狠的鞭打了二百多下洩憤。

但這件鞭打政風人員案，爲了顧及劉備形象，硬是由大老粗張飛扛了下來，致使這個持著丈八點鋼矛的「義氣哥」含冤了千年。

阿飛，這件事就由你扛下來！
這樣算不算串供啊？

穿越時空

古代貪汙罪皮皮銼

中國自距今約四千年的夏朝開始，大臣皋陶就訂下「墨」罪，貪官汙吏被抓到，一律在額頭或臉上刺字，那時候沒有整型手術無法換膚，被刺上字，大家都知道你「A」錢，丟臉丟了祖宗八代。

到了宋朝，宋太祖趙匡胤下令，當官的「A」五貫錢就處唯一死刑，沒有上訴資格！五貫錢相當於一個小縣令半個月的薪水而已，也許你覺得刑罰太重，但是與明朝相比，就算是輕罰了。

明太祖朱元璋對品格要求有異於常人的嚴格，規定「A」六十兩銀子的要處「剝皮實草」的酷刑。他命人設置「剝皮亭」，貪官汙吏被活活剝皮後，皮膚還會被填滿草料，懸掛在官府門前亮相，用來警惕其他官員，誰敢「A」我大明王朝的錢，就是這種下場！想想看，官員每天看到整具的皮在那裡飄呀飄，即使想「A」錢也要三思再三思了！

哇！原來大家都和我一樣「A」！
貪官

三國笑史

29

張飛鞭督郵爆料版

可惡的貪官竟敢對我大哥無禮！
我非打死你不可！
啪！！
唉喲！
張飛怒鞭督郵
我錯了，應該被打。
不過，請答應我一個請求！
哼！有什麼要求？快說！
你可不可以穿這樣打我，這樣我會感覺比較爽。

粉墨登場　代州太守劉恢

《三國演義》中的劉恢是劉備等三人潛逃後的貴人，是漢朝代郡太守，負責管理代州的軍政，與劉備是同家族的親戚，二人曾經一起求學。發生鞭打督郵事件後，劉備帶著結拜兄弟關羽、張飛來投靠他，劉恢知道了事情的來龍去脈，也氣憤不平，要他們安心住下來，表示躲藏在這裡沒有人知道，後來把他們介紹給幽州牧的劉虞。

語文學堂

- 竟敢：居然敢。竟：表示出乎意料，作副詞。
- 啪：擬聲詞，表示擊打、東西撞在一起等發出的聲響。
- 唉喲：因疼痛發出的嘆息聲。
- 膽大包天：膽子特別大。漫畫中督郵是東漢時的政風官員，張飛鞭打朝廷命官的行爲，可說是膽大包天。

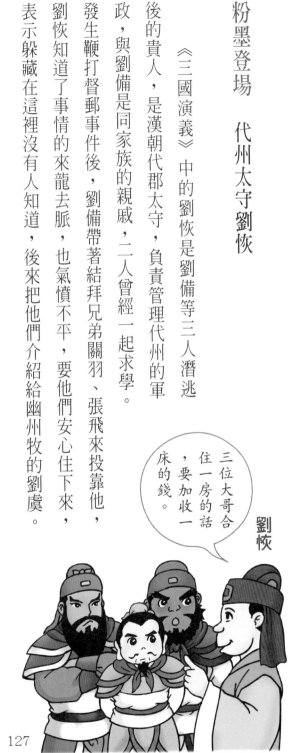

三國故事開麥拉

東漢靈帝劉宏搞貪汙，下線「十常侍」也卯起來撈錢，以此類推，上自皇帝下自芝麻小官都是汙錢高手。羅貫中安排劉備在安喜縣當縣尉，沒多久就發生頂頭上司督郵來縣裡視察。

這督郵官位不太，但是官架子倒不小，一進縣府裡就翹起二郎腿，東嫌西嫌，吐槽劉備的政績不好，批的公文又很爛、寫字不漂亮、桌子太髒……。

「你看著辦吧！能不能繼續當官，就看你的誠意嘍！」督郵乾脆打開天窗說亮話，公然向劉備要錢，否則就要向朝廷呈報，說他沒經過合格的考試，是黑官。

張飛知道大哥被索賄，氣得把督郵綁在大樹上狠鞭二百多下，三人潛逃時，還把縣尉官印套在對方的脖子上，當作已經交接了事，溜到代州另起爐灶。

這是拍片，你不要太入戲唷！

全面捉拿通緝犯

古代沒有報紙、電視等媒體，人們又沒有身分證、駕照、健保卡等可以證明個人身分的證件，官員想盤檢時更沒有電腦可以輸入個人資料，所以捉拿通緝犯只好靠畫匠畫出通緝犯的肖像。

但是，如果畫匠的功力有點三腳貓，或官員描述的不夠清楚，畫出來的肖像可能與本人有差距，加上通緝犯特意變裝，喬裝成駝背的阿婆、驚世的醜女、大腹便便的孕婦……，就可能蒙混過去。

不過，想偷溜出城也不是那麼簡單的事，那時候各省都設置關卡，守衛的官兵會檢查經過的商人，以及收取路稅，有點類似現今的過橋費。而且在重要的出入關口都張貼海捕公文（古代緝拿逃犯的文書），上面有通緝犯的畫像，除非有本事變臉，否則別想硬闖！

三國笑史

30

三兄弟好麻吉

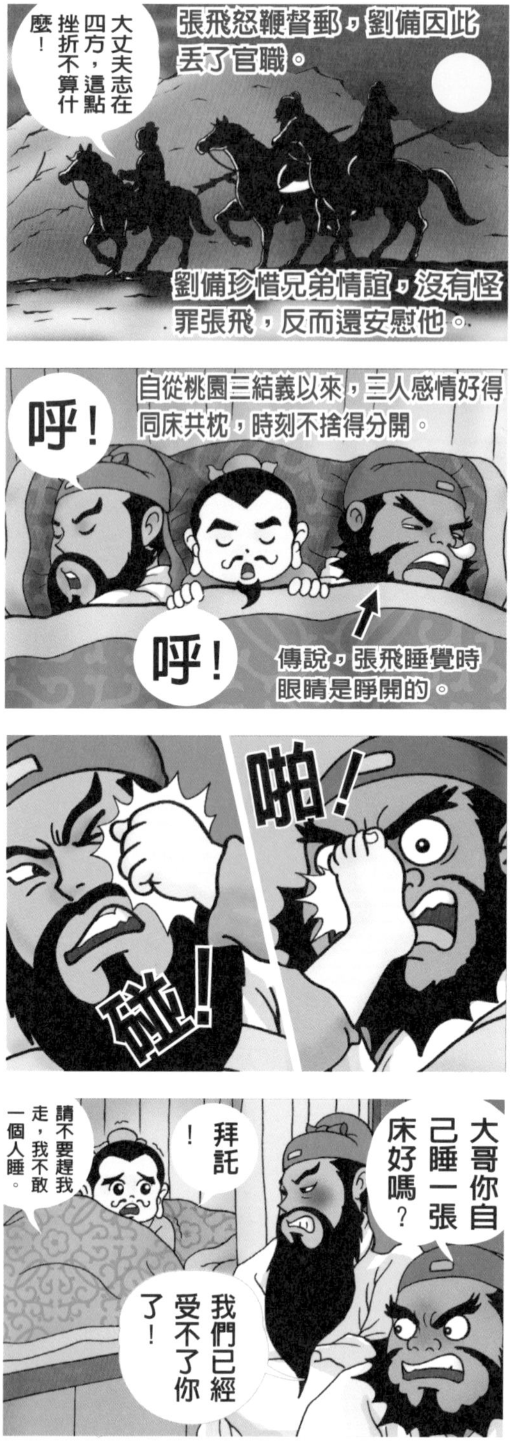
張飛怒鞭督郵，劉備因此丟了官職。
大丈夫志在四方，這點挫折不算什麼！
劉備珍惜兄弟情誼，沒有怪罪張飛，反而還安慰他。
自從桃園三結義以來，三人感情好得同床共枕，時刻不捨得分開。
呼！
呼！
傳說，張飛睡覺時眼睛是睜開的。
啪！
碰！
大哥你自己睡一張床好嗎？
我們已經受不了你了！
拜託！
請不要趕我走，我不敢一個人睡。

粉墨登場　三兄弟結義是虛構的

「桃園三結義」被視為是義結金蘭的典範，但從史實上層層推斷，三人僅是同生死的好朋友，並沒有結拜為兄弟。《三國志．關羽傳》中，關羽稱劉備為「劉將軍」；關羽死後，魏文帝曹丕的侍中劉曄（ㄧㄝˋ）則認為劉備和關羽是「『義為君臣，恩猶父子』，劉備一定會報仇。由此可見，二人不是結拜兄弟的關係。另外，三人中關羽最年長，要當老大也應該是他才合理。

劉備看起來比較臭老，演大哥好了！

語文學堂

- 大丈夫志在四方：有志氣的男子漢應該離開故鄉，到遠方追求自己的理想。
- 呼：打鼾，熟睡時的呼吸聲。
- 同床共枕：睡在同一張床上，表示情感融洽。
- 受不了：無法忍受。

督郵不甘心被綑綁又捱了一頓打，氣得請太守主持公道。定州太守聽督郵的一面之辭，認爲劉備等三人那麼囂張，他們的頂頭上司也要負責，就轍免了安喜縣縣吏的官職，並判罰一筆錢。

劉備帶著結拜兄弟一路奔逃到代州，投靠同宗的劉恢，希望能協助他們渡過難關。劉恢安排他們住下來，表示有機會一定爲三人平反，還他們清白。

有一年，官兵與烏桓人結盟造反，朝廷分別派孫堅和劉虞平定亂事，孫堅旗開得勝，劉虞卻打得很怨氣，成了落水狗。他趕緊向劉姓的同宗族人寫求援信，其中一封到了代州太守劉恢手裡。

「哈哈，這是老天爺安排的好機會！」劉恢靈機一動，把三人推荐給劉虞。劉備等三人見能夠代罪立功，鬥志昂揚的衝鋒陷陣，把叛賊打個落花流水，得意洋洋的凱旋而歸。

各位大哥大姐，這場戲臨演很多，不能NG唷！

穿越時空

八拜之交的由來

中國自古以來崇尚「四海皆兄弟」，有本事豪邁的人朋友一定多，所以對異姓朋友結爲兄弟都很讚許，稱爲「義結金蘭」、「八拜之交」，通俗的說法叫「換帖」、「結拜」。

「八拜之交」的典故源於宋朝有個人叫文彥博，聽說傳授經學的李稷博士很傲慢，便想找機會教訓他。有一天，李稷來拜見文彥博，等了好久才見到面，文彥博以長輩的身分要李稷拜八拜，李稷不敢有意見，連續下跪磕頭八次。這就是「八拜之交」的典故。

至於「八拜」是指：知音之交俞伯牙、鍾子期；刎頸之交廉頗、藺相如；膠漆之交陳重、雷義；雞黍之交張元伯、范巨卿；捨命之交羊角哀、左伯桃；生死之交劉備、關羽、張飛；管鮑之交管仲、鮑叔牙；忘年之交孔融、禰衡。

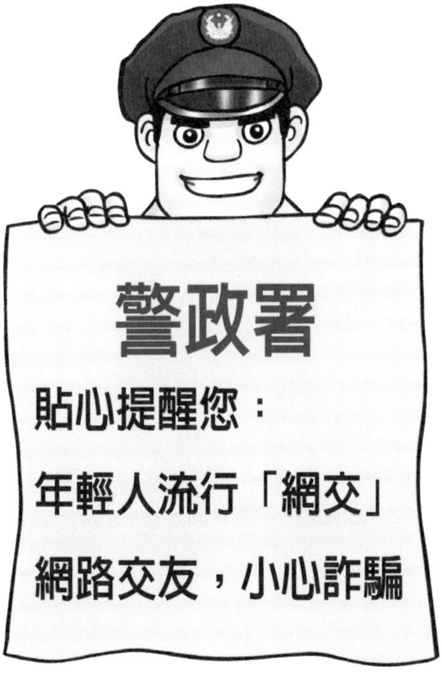

警政署
貼心提醒您：
年輕人流行「網交」
網路交友，小心詐騙

15.

高EQ讀三國

本來是落榜生的張角卻搖身一變成爲「太平教」教主，帶領著數十萬人反抗朝廷。你覺得張角的群眾魅力是什麼？爲什麼有那麼多「粉絲」跟隨他暴動？

1. 東漢型男，有六塊肌，口才一流，比韓劇男主角還帥氣
2. 東漢靈帝整天吃喝混，賣官位賺外快，人民吃不飽穿不暖，乾脆加入暴動，好歹也能領便當
3. 人們崇拜張角懂法術，相信他將來能當上皇帝

（參考答案見內文第16頁）

25.

桃園三結義後，老大是劉備，關羽是二哥，張飛是小弟，以你的看法，劉備爲什麼能當老大？

1. 年紀最大
2. 以前混過，看起來像「老大」
3. 擁有驚濤駭浪的技能，他人比不上

（參考答案見內文第48頁）

3★

關羽也就是關公，集忠義和勇猛於一身，是世人尊崇的聖賢。說說看，你認爲關羽有哪些地方令人們景仰？

1. 很有見義勇爲的精神
2. 鬍子很漂亮，看起來很有個性
3. 武藝高強，品格高尚

（參考答案見內文第51、60頁）

4★

你知道嗎？正史上的張飛其實寫了一手好字，脾氣也沒有那麼「衝」。很多人的外表和內在不相搭，在你的印象中誰的長相和個性、行爲差異很大，也因爲這樣發生了哪些有趣的事，請與大家分享。

（這道題目沒有參考答案）

5★

「蔣幹盜書」是《三國演義》中超級精彩的故事，謀士蔣幹偷了周瑜的信件，以爲可以加薪升官，卻害慘了曹操。如果你是蔣幹，那天在夜裡看到投誠信，你會怎麼做？

1. 在信件結尾寫上評語：「你以爲我那麼好騙唷！」加畫鬼臉氣死周瑜
2. 模擬周瑜的筆跡寫封投誠的信，讓曹操得意一下
3. 當作沒看見，回床上打響雷

（參考答案見內文第75、76頁）

國家圖書館出版品預行編目（CIP）資料

三國笑史 1,賣鞋郎劉備出運了！ / 林明鋒編繪.

－－初版. －－臺北市：五南，2015.02

面；公分 －－（悅讀中文；58）

ISBN 978-957-11-7966-7（平裝）

1.三國演義 2.漫畫

857.4523 103026842

三國笑史❶ 賣鞋郎劉備出運了！

編　　繪　林明鋒（117.5）

發 行 人　楊榮川

總 編 輯　王翠華

策畫主編　黃文瓊

封面設計　童安安

出 版 者　五南圖書出版股份有限公司

發 行 人　楊榮川

地　　址：台北市大安區106
和平東路二段三三九號四樓

電　　話：（〇二）二七〇五—五〇六六

傳　　真：（〇二）二七〇六—六一〇〇

劃撥帳號：〇一〇六八九五三

網　　址：http://www.wunan.com.tw

電子郵件：wunan@wunan.com.tw

法律顧問　林勝安律師事務所　林勝安律師

出版日期　一〇四年二月初版一刷

定　　價　二八〇元